सबसे बड़ी बगावत

सबसे बड़ी बगावत

जीतेंद्र दीक्षित

प्रभात
पेपरबैक्स
www.prabhatbooks.com

प्रकाशक

प्रभात पेपरबैक्स

प्रभात प्रकाशन प्रा. लि. का उपक्रम

4/19 आसफ अली रोड, नई दिल्ली–110002

फोन : 23289777 • हेल्पलाइन नं. : 7827007777

इ–मेल : prabhatbooks@gmail.com ❖ वेब ठिकाना : www.prabhatbooks.com

संस्करण

प्रथम, 2022

मूल्य

दो सौ पचास रुपए

मुद्रक

आर–टेक ऑफसेट प्रिंटर्स, दिल्ली

———————— ★ ————————

SABSE BADI BAGAWAT

by Shri Jitendra Dixit

Published by **PRABHAT PAPERBACKS**

An imprint of Prabhat Prakashan Pvt. Ltd.

4/19 Asaf Ali Road, New Delhi-110002

ISBN 978-93-5521-188-0

₹ 250.00

लेखकीय

शिवसेना के साथ मेरा रिश्ता 1995 से रहा है, जब मैं मुंबई के विल्सन कॉलेज में पार्टी की छात्र इकाई भारतीय विद्यार्थी सेना (भाविसे) का सदस्य था। तब राज ठाकरे भाविसे के अध्यक्ष थे। सालभर बाद 1996 में शिवसेना के हिंदी मुखपत्र 'दोपहर का सामना' से बतौर अंशकालिक संवाददाता जुड़ा। उसी साल से मेरे पत्रकारिता के कॅरियर की भी औपचारिक शुरुआत हुई थी। मुंबई में बीते तीन दशकों से रिपोर्टिंग करते हुए मैंने इस भगवा पार्टी के कई उतार-चढ़ाव देखे। जुलाई 2000 में शिवसेना प्रमुख बालासाहेब की गिरफ्तारी, 2003 में उनके बेटे उद्धव की बतौर कार्याध्यक्ष ताजपोशी, 2005 में नारायण राणे की बगावत, 2006 में राज ठाकरे का अलग पार्टी शुरू करना, 2012 में बालासाहब ठाकरे का निधन और 2014 में चुनाव के पहले ढाई दशक पुराने शिवसेना-बी.जे.पी. गठबंधन की टूट जैसी तमाम घटनाओं का मैं बतौर पत्रकार चश्मदीद रहा हूँ। अपने काम के दौरान मैंने ठाकरे परिवार की तीनों पीढ़ियों के इंटरव्यू किए। 1999 में जब मैं बालासाहेब के साथ एक इंटरव्यू कर रहा था तब नौ साल के नन्हे आदित्य उनकी गोद में बैठकर गौर से अपने दादाजी की बातें सुन रहे थे। तब किसी को अंदाजा नहीं था कि वे ही भविष्य में ठाकरे परिवार की सियासी विरासत हासिल करेंगे। आदित्य के भाई तेजस राजनीति में सक्रिय नहीं हैं।

हर संगठन उतार-चढ़ाव देखता है, लेकिन कई बार उसके सफर में कुछ ऐसी घटनाएँ होती हैं, जो उसके अस्तित्व के लिए चुनौती खड़ी कर

देती हैं या फिर उस संगठन को बदलकर रख देती हैं। शिवसेना ने साठ के दशक में अपने जन्म के बाद चार बड़ी बगावतें देखीं। पहली तीन बगावतें तब हुईं जब बालासाहब जीवित थे और शिवसेना सत्ता में नहीं थी। उन बगावतों ने शिवसेना को हिलाया जरूर लेकिन उनका लंबे वक्त तक पार्टी पर प्रभाव नहीं रहा और पार्टी की बागडोर ठाकरे परिवार के हाथ रही··· लेकिन जून 2022 में हुई बगावत उन सबसे अलग थी, सबसे बड़ी थी। इस बगावत ने न केवल उद्धव ठाकरे के हाथ से महाराष्ट्र की सत्ता छीन ली, बल्कि यह सवाल भी खड़ा कर दिया कि क्या शिवसेना की बागडोर भी ठाकरे परिवार से छिन जाएगी। जिन्होंने कई दशकों से शिवसेना को देखा है, उनके लिए बिना ठाकरे के शिवसेना की कल्पना कर पाना आसान नहीं होगा। शिवसेना और ठाकरे एक-दूसरे के पर्यायवाची शब्द बन गए थे।··· लेकिन जैसी कि कहावत है, 'सब दिन होत न एक समाना' शिवसेना भी बड़ा बदलाव देख रही है।

सच कहूँ तो पहले मेरा इस किताब को लिखने का मन नहीं था। टी.वी. पत्रकार का जीवन अतिव्यस्त होता है और उसी व्यस्तता के बीच कुछ समय निकालकर लेखन करना पड़ता है। पिछली किताबें लिखते वक्त मैं अपने परिवार को बिल्कुल समय नहीं दे पाया था और उनके पूरा होने के बाद मेरी एक और बड़ी किताब के लिए रिसर्च भी शुरू हो गई थी। नौकरी, परिवार और रिसर्च के बीच संतुलन रख पाना कठिन है। ऐसे में जब इस किताब को लिखने का प्रस्ताव आया तो मैंने विनम्रतापूर्वक मना कर दिया।···लेकिन कई मित्रों और पाठकों का प्यारभरा दबाव आया कि मैं इस किताब को जरूर लिखूँ, विशेषकर वे लोग इस किताब के लिए ज्यादा उत्सुक थे, जिन्होंने महाराष्ट्र की राजनीति पर मेरी पिछली किताब '35 डेज' पढ़ी थी। इस बीच मैं विधान भवन गया तो वहाँ कुछ राजनीतिक मित्र मिल गए, जिन्होंने कहा कि उन्हें मौजूदा घटनाक्रम पर मेरी किताब का इंतजार है। फेसबुक, व्हाट्सएप और ट्विटर पर भी तमाम लोगों के संदेश आए कि मुझे शिवसेना में हुई इस

सबसे बड़ी बगावत पर लिखना चाहिए। आखिर मैंने इस दबाव के आगे घुटने टेक दिए और ये किताब लिखने का फैसला किया।

किताब लिखने का मन तो बना लिया, लेकिन मेरे सामने सवाल था कि किताब में क्या मैं वही सबकुछ लिखूँगा जो कि रोज छप-छपा रहा है या टी.वी. पर दिखाया जा रहा है? इस किताब के पाठकों को अलग क्या मिलेगा? चूँकि सभी बगावत के पीछे की कहानी जानना चाहते थे, इसलिए मैंने इस किताब को उसी पर केंद्रित करने की कोशिश की है। इस काम में मेरे सहकर्मियों विशेषकर रौनक कुकडे ने मेरी काफी मदद की। रौनक महाराष्ट्र के सबसे बेहतरीन राजनीतिक पत्रकारों में से एक हैं और सभी बड़े दलों के बीच उसके भरोसेमंद सूत्र हैं। उनके जरिए रौनक ने परदे के पीछे के कुछ दिलचस्प किस्से इस किताब के लिए दिए हैं। परदे के पीछे की कहानी के अलावा कई घटनाओं के विश्लेषण और ऐतिहासिक संदर्भों को भी मैंने पेश किया है।

ये किताब बेहद कम समय में तेजी से लिखी गई है और इसमें अगर आपको कोई त्रुटि नजर आती है तो उसके लिए मुझे ही जिम्मेदार माना जाए।

अनुक्रम

1

30 जून, 2022 : एक झटकेदार तारीख

अगर मुंबई शहर में कोई सबसे आलीशान घर में रहता है तो वो हैं महाराष्ट्र के राज्यपाल। महाराष्ट्र का राजभवन मुंबई शहर में एक टापू की तरह है। मुंबई की पहचान जहाँ एक ओर भागते-दौड़ते, तेज रफ्तार और शोर-शराबे से भरे शहर की है तो वहीं राजभवन का परिसर इन सबसे जुदा शांत और कुदरती खूबसूरती से लबरेज है। चारों तरफ हरियाली, चहलकदमी करते मोर, खेलती-कूदती गिलहरियाँ और साफ-सुथरा समुद्र तट किसी आम मुंबईवाले के लिए स्वर्ग जैसा नजारा पेश करते हैं, लेकिन 30 जून, 2022 की शाम राजभवन में शांति के बजाय हलचल थी, गहमागहमी थी। खासकर, राजभवन के दरबार हॉल में उत्सव जैसा माहौल था। 1911 में बनाए गए इस दरबार हॉल को इंग्लैंड के राजा जॉर्ज पंचम और रानी मैरी के स्वागत के लिए तैयार किया गया था। भारत की आजादी के बाद इस हॉल का इस्तेमाल राज्यपाल, मुख्यमंत्री और मंत्रियों के शपथ समारोह आयोजित करने के लिए किया जाता रहा है। उस शाम भी ऐसा ही एक मौका था।

शाम पौने 7 बजे तक 750 लोगों की क्षमतावाला ये हॉल खचाखच भर चुका था। हॉल में मौजूद लोगों में बड़े पुलिस अधिकारी, राजभवन के कर्मचारी, पत्रकार और राजनीतिक कार्यकर्ता शामिल थे। मंच सज चुका था। मंच पर रखी मेज के पीछे दो लाल रंग की कुरसियाँ रखी थीं। एक कुरसी राज्यपाल भगतसिंह कोश्यारी के लिए थी और दूसरी एकनाथ शिंदे के लिए, जिन्हें कोश्यारी साढ़े सात बजे राज्य के मुख्यमंत्री पद की शपथ दिलानेवाले

थे। सात बजे के करीब अचानक मंच पर हलचल हुई। कुछ राजभवन के कर्मचारी दौड़ते-दौड़ते आए और उन्होंने मेज के सामने रखी दो कुरसियों के साथ एक तीसरी कुरसी भी रख दी।

तीसरी कुरसी किसके लिए?

सभी आश्चर्यचकित थे कि दूसरा कौन सा शख्स शपथ लेने जा रहा है। जानकारी तो सिर्फ एकनाथ शिंदे के शपथ लेने भर की मिली थी। मंच पर अतिरिक्त कुरसी लगाए जाने जैसी बारीक हलचलों से ही अकसर पत्रकार बड़ी खबर सूँघ लेते हैं। पत्रकारों को किसी बड़े राजनीतिक घटनाक्रम की आहट महसूस हुई। कुछ देर में ही सस्पेंस खत्म हो गया। कई पत्रकारों के मोबाइल फोन पर बीजेपी अध्यक्ष जे.पी.नड्डा का बयान आ गया, जिसमें नड्डा ने जानकारी दी कि देवेंद्र फडणवीस को महाराष्ट्र के उपमुख्यमंत्री पद की शपथ लेने के लिए बीजेपी के नेतृत्व ने कहा है। नड्डा के बयान के कुछ देर बाद ही गृहमंत्री अमित शाह का ट्विट आया—

"भाजपा अध्यक्ष श्री जे.पी. नड्डाजी के कहने पर श्री देवेंद्र फडणवीसजी ने बड़ा मन दिखाते हुए महाराष्ट्र राज्य और जनता के हित में सरकार में शामिल होने का निर्णय लिया है। यह निर्णय महाराष्ट्र के प्रति उनकी सच्ची निष्ठा व सेवाभाव का परिचायक है। इसके लिए मैं उन्हें हृदय से बधाई देता हूँ।"

"भाजपा अध्यक्ष श्री जे.पी. नड्डाजी के कहने पर श्री देवेंद्र फडणवीसजी ने बड़ा मन दिखाते हुए महाराष्ट्र राज्य और जनता के हित में सरकार में शामिल होने का निर्णय लिया है। यह निर्णय महाराष्ट्र के प्रति उनकी सच्ची निष्ठा व सेवाभाव का परिचायक है। इसके लिए मैं उन्हें हृदय से बधाई देता हूँ।"

फडणवीस को उपमुख्यमंत्री बनाया जाना, सभी के लिए चौंकानेवाला था और शायद खुद फडणवीस के लिए भी। ठीक 3 घंटे पहले राजभवन के भीतर ही इस दरबार हॉल के ठीक सामने एक दूसरे हॉल में देवेंद्र फडणवीस ने एक प्रेस कॉन्फ्रेंस की थी। उस प्रेस कॉन्फ्रेंस में फडणवीस ने साफ शब्दों में ऐलान किया था कि महाराष्ट्र के मुख्यमंत्री एकनाथ शिंदे होंगे और बीजेपी उन्हें समर्थन देगी। फडणवीस ने कहा था कि वे सरकार से बाहर रहेंगे।

अगर फडणवीस ने सरकार से बाहर रहने का ऐलान किया था तो तीन घंटों के भीतर ही बीजेपी में ऐसा क्या हो गया कि उन्हें उपमुख्यमंत्री पद की शपथ लेने को कहा गया। क्या पार्टी ने उनके बारे में ऐसा फैसला लेने से पहले उनसे चर्चा नहीं की थी?…और अगर फडणवीस को मंत्रिमंडल में शामिल होना ही था तो फिर वे बतौर मुख्यमंत्री क्यों नहीं शामिल हुए? जो शख्स दो बार महाराष्ट्र का मुख्यमंत्री रह चुका हो, महाराष्ट्र बीजेपी का सबसे बड़ा चेहरा हो, जिसने उपचुनावों में, स्थानीय निकाय के चुनावों में, राज्यसभा के चुनावों में और विधान परिषद् के चुनावों में अपनी रणनीति से बीजेपी को जीत दिलाई हो, उसका पार्टी ने ऐसा 'डिमोशन' यानी पदावनति क्यों की? क्या फडणवीस के बढ़ते कद से केंद्रीय नेतृत्व असुरक्षित महसूस कर रहा था? क्या ये उनके पर कतरने की कोशिश थी? क्या पार्टी को लग रहा था कि फडणवीस की महत्त्वाकांक्षा प्रधानमंत्री बनने की है, क्योंकि भूतकाल में कुछ जनसभाओं के दौरान नारे लग चुके थे—नरेंद्र के बाद देवेंद्र?

> ***अगर फडणवीस ने सरकार से बाहर रहने का ऐलान किया था तो तीन घंटों के भीतर ही बीजेपी में ऐसा क्या हो गया कि उन्हें उपमुख्यमंत्री पद की शपथ लेने को कहा गया। क्या पार्टी ने उनके बारे में ऐसा फैसला लेने से पहले उनसे चर्चा नहीं की थी?***

सवाल कई थे और जवाब में थे हर किसी के अपने आकलन और

कयास। पत्रकारों ने बीजेपी के अपने सूत्रों को फोन लगाए, लेकिन सूत्र भी चकराए हुए थे। महाराष्ट्र बीजेपी के कई नेता दरबार हॉल में ही मौजूद थे, लेकिन उनकी आँखों में भी वही विस्मय था, जो वहाँ मौजूद तमाम पत्रकारों की आँखों में। ये कैसे हो गया? इस फैसले का किसी के पास कोई ठोस जवाब नहीं था।

दरअसल 30 जून की वो तारीख झटके पर झटका दे रही थी। साढ़े 4 बजे देवेंद्र फडणवीस की प्रेस कॉन्फ्रेंस से पहले सभी ये उम्मीद कर रहे थे कि फडणवीस राज्यपाल के पास सरकार बनाने का दावा पेश करने के बाद ऐलान करेंगे कि वे मुख्यमंत्री पद की शपथ लेने जा रहे हैं। सभी ने ये माना था कि शिवसेना से बगावत करके आनेवाले एकनाथ शिंदे को उपमुख्यमंत्री बनाया जाएगा।...लेकिन ये क्या? फडणवीस ने ये घोषणा करके चौंका दिया कि मुख्यमंत्री एकनाथ शिंदे होंगे। ऐसा फैसला समझ से परे था...'कॉमनसेंस' के विपरीत था। आखिर 106 विधायकों वाली पार्टी, जिसके पास 9 निर्दलियों का भी समर्थन है, वो उपमुख्यमंत्री पद क्यों लेगी और दूसरी पार्टी से बगावत कर महज 39 विधायक लानेवाले एकनाथ शिंदे को मुख्यमंत्री पद क्यों देगी? सभी सोच में पड़ गए कि कहीं फडणवीस के बोलने में या उनके सुनने में कोई गलती तो नहीं हुई।

> ***30 जून की वो तारीख झटके पर झटका दे रही थी। साढ़े 4 बजे देवेंद्र फडणवीस की प्रेस कॉन्फ्रेंस से पहले सभी ये उम्मीद कर रहे थे कि फडणवीस राज्यपाल के पास सरकार बनाने का दावा पेश करने के बाद ऐलान करेंगे कि वे मुख्यमंत्री पद की शपथ लेने जा रहे हैं।***

उसी सुबह एबीपी नेटवर्क के संवाददाता अक्षय भाटकर ने 9.39 बजे अपने दफ्तर के व्हाट्सएप ग्रुप में ये खबर भेजी थी—

"एकनाथ शिंदे को मिलेगा मुख्यमंत्री पद। आज या फिर कल सरकार

बनाने का दावा पेश करेंगे। भाजपा उन्हें समर्थन देगी। अंदरूनी चर्चा जारी है।"

अक्षय की ये खबर शाम होते-होते सही निकली, लेकिन सुबह जब उसने ये खबर दी, तब किसी को यकीन नहीं था। अक्षय के सूत्रों ने सही खबर दी थी, लेकिन आधिकारिक तौर पर किसी ने पुष्टि नहीं की। चूँकि इस फैसले के पीछे कोई ठोस तर्क सामने नहीं आ रहा था, इसलिए खबर के गलत साबित होने का जोखिम था। ऐसे में उस वक्त चैनल पर खबर न चलाने का फैसला किया गया। खबर गलत चलने से बेहतर है खबर देर से चले। अक्षय इतनी बड़ी खबर हाथ लगने के बावजूद चैनल पर न चलने की वजह से दुःखी था, लेकिन इस मामले में चैनल फूँक-फूँककर कदम रख रहा था।

शपथविधि शुरू होने से महज पाँच मिनट पहले देवेंद्र फडणवीस दरबार हॉल के भीतर दाखिल हुए। उनका चेहरा गंभीर था। अगर कोई बधाई देता तो हलकी सी बनावटी मुसकान के साथ उसका जवाब देते। खबर आई कि फडणवीस पार्टी की ओर से लिये गए फैसले से नाराज थे। शपथविधि में आने का उनका मन नहीं था, लेकिन ऐन वक्त पर प्रधानमंत्री नरेंद्र मोदी ने उनसे फोन पर बात करके उन्हें समझाया, जिसके बाद फडणवीस राजभवन पहुँचे।

शपथविधि शुरू होने से महज पाँच मिनट पहले देवेंद्र फडणवीस दरबार हॉल के भीतर दाखिल हुए। उनका चेहरा गंभीर था। अगर कोई बधाई देता तो हलकी सी बनावटी मुसकान के साथ उसका जवाब देते। खबर आई कि फडणवीस पार्टी की ओर से लिये गए फैसले से नाराज थे।

पारंपरिक तुतारी की गूँज के साथ-साथ राज्यपाल भगतसिंह कोश्यारी ने दरबार हॉल में प्रवेश किया। राष्ट्रगान के बाद जब कोश्यारी ने शपथ दिलाने की खातिर एकनाथ शिंदे को मंच पर आमंत्रित किया तो हॉल शिंदे के जयकारों के साथ तो गूँजा ही, शिवसेना के दिवंगत प्रमुख बालासाहेब

ठाकरे के सम्मान में भी नारे लगाए गए। शिंदे ने भी शपथ लेने की शुरुआत बालासाहेब ठाकरे को याद करते हुए की। ऐसा करने के पीछे उनका उद्देश्य साफ था। शिंदे ये जताना चाहते थे कि बालासाहेब के सिद्धांतों पर चलनेवाली शिवसेना उन्हीं के साथ है, उद्धव ठाकरे के साथ नहीं।

शिंदे के बाद कोश्यारी ने फडणवीस को शपथ दिलाई। दो बार राज्य के मुख्यमंत्री रहने के बाद बतौर उपमुख्यमंत्री शपथ लेते देवेंद्र फडणवीस की ये तसवीर कइयों के गले उतर नहीं रही थी। 2019 में चुनाव से पहले विधानसभा के आखिरी सत्र में फडणवीस ने एक कविता पढ़ते हुए बड़े जोश में कहा था—मी पुन्हा येईन, मी पुन्हा येईन, मी पुन्हा येईन। (मैं फिर आऊँगा, मैं फिर आऊँगा, मैं फिर आऊँगा।) फडणवीस वापस सत्ता में आए जरूर, लेकिन सरकार में नंबर दो बनकर।…और इससे वे खुश नहीं नजर आ रहे थे।

फडणवीस भले ही खुश न हों, लेकिन ठाकरे सरकार को गिराने के लिए उनकी पार्टी का मिशन कामयाब रहा। जो ठाकरे सरकार ढाई साल पहले 35 दिनों तक चले सियासी ड्रामे के बाद बनीं थी, वो 10 दिनों के ऑपरेशन के बाद गिर गई, लेकिन दस दिनों के इस ऑपरेशन के बीज बीते ढाई साल में ही बो दिए गए थे।

□

2

ढाई साल की कँटीली राह

"मी उद्धव बालासाहेब ठाकरे..."

28 नंवबर, 2019 को जब मुंबई के शिवाजी पार्क पर बने भव्य मंच से उद्धव ठाकरे ने महाराष्ट्र के मुख्यमंत्री पद की शपथ ली तो वो मौका कई मायनों में ऐतिहासिक था। पहली बार ठाकरे खानदान से कोई मंत्री बन रहा था। उद्धव के पिता और शिवसेना के संस्थापक बालासाहेब ठाकरे ने ये प्रण ले रखा था कि वे अपने जीवन में कभी कोई सरकारी पद स्वीकार नहीं करेंगे। उद्धव ने अपने लिए ऐसा कोई बंधन नहीं रखा था। ये शपथविधि इसलिए भी ऐतिहासिक थी, क्योंकि उद्धव ठाकरे की शिवसेना उन दो पार्टियों के साथ सरकार बना रही थी, जिन्हें पारंपरिक तौर पर शिवसेना का दुश्मन समझा जाता था। शिवसेना, एन.सी.पी. और कांग्रेस के इस गठबंधन को 'महाविकास अघाड़ी' का नाम दिया गया था।

35 दिनों का महाड्रामा

महाविकास अघाड़ी की सरकार बनने से पहले महाराष्ट्र में 35 दिनों तक बड़ा सियासी ड्रामा चला, जिसने टी.वी. पर पूरे देश को बाँधे रखा। इस ड्रामे की शुरुआत 23 अक्तूबर से हो गई थी, जब महाराष्ट्र विधानसभा के नतीजे आए। नतीजों के मुताबिक बीजेपी सबसे बड़ी पार्टी बनकर उभरी थी और उसे 106 सीटें हासिल हुई थीं, दूसरे नंबर पर शिवसेना थी, जिसे 56 सीटें मिली थीं, तीसरे नंबर पर एन.सी.पी. थी, जिसने 54 सीटें जीती थीं और 44

सीटें पाकर चौथे नंबर पर कांग्रेस रही। 288 सीटोंवाली विधानसभा में सरकार बनाने के लिए बहुमत का आँकड़ा 145 का था। इन आँकड़ों के मुताबिक राज्य में बड़ी आसानी से बीजेपी-शिवसेना की गठबंधन सरकार बन सकती थी, क्योंकि दोनों पार्टियों ने चुनाव पूर्व गठबंधन कर रखा था, लेकिन पेच तब फँस गया, जब उद्धव ठाकरे मुख्यमंत्री की कुरसी को लेकर अड़ गए। ठाकरे का कहना था कि उसी साल हुए लोकसभा चुनाव से पहले तत्कालीन बीजेपी अध्यक्ष अमित शाह ने उनसे वादा किया था कि ढाई-ढाई साल के लिए मुख्यमंत्री का पद दोनों पार्टियों के पास रहेगा। बीजेपी के देवेंद्र फडणवीस ने कहा कि ऐसा कोई वादा नहीं किया गया था। फडणवीस की ओर से खुद को झूठा ठहराए जाने पर ठाकरे भड़क गए और उन्होंने बीजेपी के साथ बातचीत बंद कर दी।

फडणवीस की ठाकरे से बातचीत बंद हो गई, लेकिन ठाकरे और एन.सी.पी. प्रमुख शरद पवार के बीच बातचीत शुरू हो गई। दरअसल शरद पवार बीते पाँच साल से बीजेपी-शिवसेना की गठबंधन सरकार पर बारीकी से नजर बनाए हुए थे। उन्होंने देखा कि कि भले ही दोनों पार्टियाँ सत्ता में साथ-साथ थीं, लेकिन दोनों के रिश्तों में खटास थी।

फडणवीस की ठाकरे से बातचीत बंद हो गई, लेकिन ठाकरे और एन.सी.पी. प्रमुख शरद पवार के बीच बातचीत शुरू हो गई। दरअसल शरद पवार बीते पाँच साल से बीजेपी-शिवसेना की गठबंधन सरकार पर बारीकी से नजर बनाए हुए थे। उन्होंने देखा कि कि भले ही दोनों पार्टियाँ सत्ता में साथ-साथ थीं, लेकिन दोनों के रिश्तों में खटास थी। बीजेपी से मुख्यमंत्री फडणवीस शिवसेना के मंत्रियों पर हावी थे। उनके अधिकार काफी सीमित थे। शिवसेना का मुखपत्र 'सामना' आए दिन बीजेपी और फडणवीस के खिलाफ संपादकीय में जहर उगलता था। पवार ने उद्धव ठाकरे को ये कहकर आश्वस्त किया कि बीजेपी

के साथ सरकार में शामिल होकर अपमान झेलने से बेहतर है कि शिवसेना का अपना मुख्यमंत्री हो। इसके लिए उन्होंने एन.सी.पी. का समर्थन देने की पेशकश की और कहा कि कांग्रेस को भी सरकार में शामिल होने के लिए मना लिया जाएगा।

उद्धव ठाकरे ने शरद पवार की पेशकश कबूल कर ली और ऐलान किया कि शिवसेना का ही मुख्यमंत्री होगा। विपरीत विचारधारा की पार्टियों के साथ मिलकर सरकार बनाने के फैसले का उन्होंने बीजेपी का उदाहरण देकर समर्थन किया। ठाकरे ने कहा कि अगर बीजेपी जम्मू-कश्मीर में महबूबा मुफ्ती की पी.डी.पी. के साथ सरकार बना सकती है तो शिवसेना एन.सी.पी.-कांग्रेस के साथ क्यों नहीं? पी.डी.पी. कश्मीरी अलगाववादियों के प्रति नरम नजरिया रखती है, राज्य को विशेष दर्जा देनेवाले अनुच्छेद 370 को हटाए जाने का विरोध करती आई है और उसकी माँग रही है कि जम्मू-कश्मीर से फौज को विशेष अधिकार देनेवाले आर्म्ड फोर्सेस स्पेशल पावर एक्ट को हटाया जाए। इन सभी मसलों पर बीजेपी का रुख पी.डी.पी. के विपरीत था।

उद्धव ठाकरे ने शरद पवार की पेशकश कबूल कर ली और ऐलान किया कि शिवसेना का ही मुख्यमंत्री होगा। विपरीत विचारधारा की पार्टियों के साथ मिलकर सरकार बनाने के फैसले का उन्होंने बीजेपी का उदाहरण देकर समर्थन किया। ठाकरे ने कहा कि अगर बीजेपी जम्मू-कश्मीर में महबूबा मुफ्ती की पी.डी.पी. के साथ सरकार बना सकती है तो शिवसेना एन.सी.पी.-कांग्रेस के साथ क्यों नहीं?

इस बीच उद्धव ने एकनाथ शिंदे को शिवसेना का विधायक दल का नेता नियुक्त कर दिया। शिंदे की इमेज एक कट्टर शिव सैनिक की थी और उनका मुंबई और आसपास के इलाकों में काफी दबदबा था। शिंदे को विधायक दल का नेता चुने जाने पर सियासी गलियारों में लोग ये मान बैठे कि अगर

शिवसेना का मुख्यमंत्री बनता है तो वो शख्स एकनाथ शिंदे हो सकते हैं। लोग ये मान रहे थे कि अपने पिता की तरह उद्धव ठाकरे भी सरकार से बाहर रहकर रिमोट कंट्रोल से सरकार चलाएँगे।

इस दौरान शिवसेना ने अपने मुखपत्र 'सामना' के जरिए आरोप लगाया कि उनके विधायकों को बीजेपी की ओर से लालच देने की कोशिश हो रही है। सेंधमारी से बचने के लिए उद्धव ठाकरे ने सभी विधायकों को पहले अपने बँगले 'मातोश्री' में बुलाया और फिर उन्हें रिसोर्ट में भेज दिया, ताकि बीजेपी की पहुँच से वे दूर रह सकें। जिन दिनों शिवसेना विधायक रिसोर्ट में ठहरे हुए थे, तब एक शाम एकनाथ शिंदे को देवेंद्र फडणवीस का फोन आया, जिसमें उन्होंने टटोलने की कोशिश की कि क्या शिंदे अपने साथी विधायकों के साथ उन्हें सरकार बनाने में मदद करेंगे। उस वक्त शिंदे ने पार्टी के खिलाफ जाने से साफ मना कर दिया।

इस दौरान शिवसेना ने अपने मुखपत्र 'सामना' के जरिए आरोप लगाया कि उनके विधायकों को बीजेपी की ओर से लालच देने की कोशिश हो रही है। सेंधमारी से बचने के लिए उद्धव ठाकरे ने सभी विधायकों को पहले अपने बँगले 'मातोश्री' में बुलाया और फिर उन्हें रिसोर्ट में भेज दिया, ताकि बीजेपी की पहुँच से वे दूर रह सकें।

22 नवंबर की शाम वर्ली के नेहरू सेंटर में तीनों पार्टियों के वरिष्ठ नेताओं की बैठक हुई और उसमें तय हुआ कि उद्धव ठाकरे महाविकास अघाड़ी सरकार के मुख्यमंत्री होंगे। बैठक में अपना नाम तय होने से पहले उद्धव ठाकरे असमंजस में थे कि वे मुख्यमंत्री बनें या नहीं, लेकिन बताया जाता है कि पत्नी रश्मि और बेटे आदित्य की सलाह पर वे मुख्यमंत्री बनने के लिए तैयार हो गए।

अगली सुबह तमाम अखबारों में पहले पन्ने पर खबर छपी—उद्धव ठाकरे होंगे महाराष्ट्र के नए मुख्यमंत्री, लेकिन जब लोगों ने टी.वी. खोला तो

चौंक गए। टी.वी. पर मुख्यमंत्री पद की शपथ लेते देवेंद्र फडणवीस नजर आ रहे थे। लोगों को एक और झटका तब लगा, जब अजीत पवार उपमुख्यमंत्री पद की शपथ लेते नजर आए। उन्होंने एन.सी.पी. से बगावत कर दी थी और 12 विधायकों के साथ राजभवन पहुँच गए थे फडणवीस के साथ सरकार बनाने के लिए। राजभवन में मौजूद ए.एन.आई. कैमरे पर अजीत पवार ने कहा कि उन्होंने अपने चाचा शरद पवार को बता दिया था कि ये तीन पार्टियों की खिचड़ी सरकार बनाना ठीक नहीं है। दो पार्टियों की सरकारें बेहतर चलती हैं।

देवेंद्र फडणवीस का अजीत पवार के साथ मिलकर सरकार बनाना इसलिए भी अचरज भरा था, क्योंकि यही देवेंद्र फडणवीस बीते महीने चुनाव प्रचार के दौरान अजीत पवार को भ्रष्टाचार के आरोप में जेल भेजने का वादा अपनी चुनावी सभाओं में करते थे।

देवेंद्र फडणवीस का अजीत पवार के साथ मिलकर सरकार बनाना इसलिए भी अचरज भरा था, क्योंकि यही देवेंद्र फडणवीस बीते महीने चुनाव प्रचार के दौरान अजीत पवार को भ्रष्टाचार के आरोप में जेल भेजने का वादा अपनी चुनावी सभाओं में करते थे। फडणवीस का एक वीडियो बड़ा वायरल हुआ, जिसमें वे फिल्म 'शोले' में धर्मेंद्र के किरदार की नकल करते हुए कहते हैं—"हमारी सरकार आने के बाद अजीतदादा चक्करी पीसिंग...पीसिंग...पीसिंग एंड पीसिंग..." खैर, राजनीति के अध्ययनकर्ताओं को ये बात पता है कि राजनेता अकसर चुनाव से पहले कहते कुछ हैं और नतीजे आने के बाद करते कुछ और हैं। ये बात लगभग सभी राजनेताओं और राजनीतिक दलों पर लागू होती है।

सियासी हलकों में कइयों को ये भी शक हुआ कि कहीं ये सारा कुछ शरद पवार का ही किया-कराया तो नहीं। देश की राजनीति में पवार अपने दाँवपेच के लिए मशहूर हैं और अजीत पवार की इस बगावत को भी उनका एक दाँव समझा गया। 1978 में शरद पवार खुद पार्टी में अपने वरिष्ठ और

तत्कालीन मुख्यमंत्री वसंतदादा पाटिल से बगावत करके मुख्यमंत्री बन बैठे थे, लेकिन इस बार खुद पवार के साथ ही खेल हो चुका था। भतीजे अजीत पवार की इस बगावत की उन्हें भी भनक नहीं लगी। उन्होंने तुरंत उद्धव ठाकरे को फोन किया और स्पष्टीकरण दिया कि इस बगावत से उनका कोई लेना-देना नहीं है। पवार और ठाकरे ने इसके बाद वाय.वी. चव्हाण सेंटर में एक साझा प्रेस कॉन्फ्रेंस की, जिसमें पवार ने अजीत पवार के साथ गए सभी विधायकों को वापस लौट आने की चेतावनी दी और कहा कि अगर वे वापस नहीं आते तो दल-बदल कानून के तहत उनके खिलाफ काररवाई होगी। पवार की धमकी का असर हुआ और उसी शाम तक अजीत पवार को छोड़कर ज्यादातर विधायक वापस लौट आए। दिलचस्प बात ये थी कि कई एन.सी.पी. विधायकों को ढूँढ़कर वापस लाने में एकनाथ शिंदे ने भी अहम भूमिका निभाई थी। कुछ एन.सी.पी. विधायक, जो दिल्ली के एक होटल में छुपाकर रखे गए थे, उन्हें एन.सी.पी. की युवा इकाई छुड़ाकर वापस मुंबई ले आई।

मामला सुप्रीम कोर्ट में गया। एन.सी.पी. और शिवसेना ने अलसुबह बनाई गई सरकार को असंवैधानिक बताया। सुप्रीम कोर्ट ने देवेंद्र फडणवीस को आदेश दिया कि विधानसभा का विशेष सत्र बुलाकर अपना बहुमत साबित करें। तारीख मुकर्रर की गई 26 नवंबर।

मामला सुप्रीम कोर्ट में गया। एन.सी.पी. और शिवसेना ने अलसुबह बनाई गई सरकार को असंवैधानिक बताया। सुप्रीम कोर्ट ने देवेंद्र फडणवीस को आदेश दिया कि विधानसभा का विशेष सत्र बुलाकर अपना बहुमत साबित करें। तारीख मुकर्रर की गई 26 नवंबर। सभी की निगाहें इस ओर थीं कि विधानसभा में क्या होता है, लेकिन तभी अजीत पवार देवेंद्र फडणवीस के सरकारी निवास वर्षा बँगले पर पहुँचे। उन्होंने फडणवीस को अपना इस्तीफा दे दिया। अजीत पवार समझ गए थे कि बहुमत साबित करने के लिए जरूरी

एन.सी.पी. विधायकों की संख्या वे नहीं पेश कर पाएँगे। वे समझ गए थे कि उन्होंने बगावत करके एक जुआ खेला था, जिसमें वे हार गए। इसके बाद देवेंद्र फडणवीस के पास भी कोई चारा नहीं बचा और उन्होंने भी मुख्यमंत्री पद से अपना इस्तीफा दे दिया। इस तरह से तीन दिन बाद ही फडणवीस सरकार गिर गई।

फडणवीस सरकार तो गिर गई, लेकिन ठाकरे सरकार बनने का रास्ता साफ हो गया। बस एक रोड़ा था। तीनों पार्टियों के कॉमन मिनिमम प्रोग्राम में 'धर्मनिरपेक्ष' शब्द का दो बार इस्तेमाल किया गया था। कट्टर हिंदुत्ववादी शिवसेना की राजनीति हमेशा से खुद को सेकुलर कहलानेवाली पार्टियों के खिलाफ रही थी।

फडणवीस सरकार तो गिर गई, लेकिन ठाकरे सरकार बनने का रास्ता साफ हो गया। बस एक रोड़ा था। तीनों पार्टियों के कॉमन मिनिमम प्रोग्राम में 'धर्मनिरपेक्ष' शब्द का दो बार इस्तेमाल किया गया था। कट्टर हिंदुत्ववादी शिवसेना की राजनीति हमेशा से खुद को सेकुलर कहलानेवाली पार्टियों के खिलाफ रही थी। ऐसे में सभी को लगा कि इस प्रस्तावना को स्वीकार करना उद्धव ठाकरे के लिए जहर के घूँट पीने जैसा होगा, लेकिन उद्धव ठाकरे ने बिना किसी एतराज के प्रस्तावना को कबूल कर लिया। इसे शिवसेना के इतिहास में और महाराष्ट्र की सियासत में एक बहुत बड़ी घटना के तौर पर देखा गया। राजनीतिक पार्टियाँ सत्ता हासिल करने के लिए ही बनती हैं और विचारधारा सत्ता हासिल करने का माध्यम होती है, लेकिन यही विचारधारा अगर सत्ता हासिल करने में आड़े आए तो उससे किनारा करने में भी पार्टियाँ वक्त नहीं लगातीं। इस बार भी राजनीतिक पार्टियों के इसी चरित्र की तस्दीक हो रही थी।

उद्धव ठाकरे के मुख्यमंत्री के तौर पर शपथ लेने के बाद तीनों पार्टियों के 6 अन्य नेताओं ने भी शपथ ली, जिनमें शिवसेना से एकनाथ शिंदे और

सुभाष देसाई थे, एन.सी.पी. से जयंत पाटिल और छगन भुजबल थे और कांग्रेस से नितिन राउत और बालासाहेब थोरात थे। महाराष्ट्र में तीन पार्टियों की गठबंधन सरकार बन गई और बीजेपी को विपक्ष में बैठना पड़ा। कुछ दिनों बाद एक और शपथविधि विधानभवन में आयोजित की गई, जिसमें बाकी के मंत्रियों ने शपथ ली। एन.सी.पी. से बगावत करनेवाले अजीत पवार भी वापस पार्टी में आ गए और उन्हें उपमुख्यमंत्री बनाया गया। पार्टी प्रमुख के भतीजे की बगावत भुला दी गई। सजा की जगह उपमुख्यमंत्री पद का पुरस्कार मिला।

मंत्रिमंडल में जब विभागों का बँटवारा हुआ तो ज्यादातर अहम और मलाईदार विभाग एन.सी.पी. ने अपने पास रख लिये, जैसे गृह, वित्त, जल संसाधन, गृहनिर्माण और स्वास्थ्य। शिवसेना को जो मंत्रालय मिले, उनमें नगरविकास, सामान्य प्रशासन, परिवहन, कृषि पर्यावरण और वन। कांग्रेस के हिस्से में शिक्षा, ऊर्जा, राजस्व, सार्वजनिक निर्माण, टैक्सटाइल और बंदरगाह जैसे विभाग आए।

मंत्रिमंडल में जब विभागों का बँटवारा हुआ तो ज्यादातर अहम और मलाईदार विभाग एन.सी.पी. ने अपने पास रख लिये, जैसे गृह, वित्त, जल संसाधन, गृहनिर्माण और स्वास्थ्य। शिवसेना को जो मंत्रालय मिले, उनमें नगरविकास, सामान्य प्रशासन, परिवहन, कृषि पर्यावरण और वन। कांग्रेस के हिस्से में शिक्षा, ऊर्जा, राजस्व, सार्वजनिक निर्माण, टैक्सटाइल और बंदरगाह जैसे विभाग आए।

सरकार चलने लगी और कुछ ही दिनों में ये साफ हो गया कि सरकार कौन चला रहा है। मुख्यमंत्री तो उद्धव ठाकरे थे, लेकिन सरकार की कमान शरद पवार के हाथ नजर आ रही थी। सरकार की ओर से तमाम अहम फैसले पवार की मंजूरी से लिये जाते थे। पवार आए दिन एन.सी.पी. के मंत्रियों की बैठक बुलाते थे और उद्धव ठाकरे से भी अकसर सरकारी

कामकाज को लेकर मुलाकातें करते।

एक तरफ शरद पवार सरकार से बाहर रहकर भी सरकार को नियंत्रित करते नजर आ रहे थे तो दूसरी ओर उद्धव ठाकरे पर आरोप लगने लगा कि वे अपने लोगों से मिलते-जुलते नहीं हैं। शिवसेना के विधायकों, सांसदों और पार्टी पदाधिकारियों को उनका वक्त मिलने में दिक्कत होती थी। वे रोजाना मंत्रालय न जाकर घर से सरकार चलाना पसंद करते थे। उद्धव ठाकरे का ये व्यवहार शरद पवार को ठीक नहीं लग रहा था। उन्होंने खुद ठाकरे के अखबार 'सामना' को दिए इंटरव्यू में ही उन्हें नसीहत दे डाली कि मुख्यमंत्री को लोगों से मिलना-जुलना चाहिए। उधर शिवसेना का एक खेमा सरकार में शरद पवार के प्रभाव से नाराज था, जिसमें एकनाथ शिंदे भी थे। एक तो एन.सी.पी. ने अहम मंत्रालय हथिया लिये थे, उसपर अजीत पवार पूरी सरकार पर हावी नजर आ रहे थे। चूँकि वित्त विभाग अजीत पवार के पास था, इसलिए सभी मंत्री अपने विभाग की योजनाओं के लिए उन्हीं पर आश्रित थे।

सरकार में उद्धव ठाकरे के बेटे आदित्य ठाकरे भी शामिल हो गए। आदित्य मध्य मुंबई की वर्ली सीट से विधायक चुने गए थे। उनसे पहले एन.सी.पी. के सचिन अहिर उस सीट से विधायक थे, लेकिन चुनाव से पहले अहिर शिवसेना में शामिल हो गए। पहली बार चुनाव जीतने के साथ ही आदित्य को कैबिनेट मंत्री बना दिया गया था।

सरकार में उद्धव ठाकरे के बेटे आदित्य ठाकरे भी शामिल हो गए। आदित्य मध्य मुंबई की वर्ली सीट से विधायक चुने गए थे। उनसे पहले एन.सी.पी. के सचिन अहिर उस सीट से विधायक थे, लेकिन चुनाव से पहले अहिर शिवसेना में शामिल हो गए। पहली बार चुनाव जीतने के साथ ही आदित्य को कैबिनेट मंत्री बना दिया गया था। आमतौर पर राजनीति में किसी को कैबिनेट

मंत्री पद हासिल करने के लिए सालों तक राजनीति में खुद को घिसना होता है, लेकिन अगर आप पार्टी के मुखिया के बेटे हैं तो आपको सबकुछ चाँदी की चम्मच में मिलेगा। भले ही 29 साल के आदित्य कैबिनेट के सबसे कम उम्र के मंत्रियों में से एक थे, लेकिन धीरे-धीरे सरकार में, विशेषकर शिवसेना के पास मौजूद विभागों में उनका दखल बढ़ता गया। इस लेखक के एक आई.पी.एस. अधिकारी मित्र, जो कि महाराष्ट्र की राजनीतिक हलचल पर बारीकी से नजर रखते हैं, का कहना था कि आदित्य को पहला चुनाव जीतते ही मंत्री बना दिया जाना एक सकारात्मक कदम है। इतनी जल्दी प्रशासनिक अनुभव मिलने लगना आगे चलकर उनके बड़ा काम आएगा।

ठाकरे सरकार के लिए पहली बड़ी चुनौती कोविड-19 महामारी की शक्ल में आई। मार्च के अंत में उद्धव ठाकरे को राज्य में लॉकडाउन का ऐलान करना पड़ा। मुंबई और पुणे जैसे शहरों में बड़े पैमाने पर कोविड-19 से लोगों की मृत्यु हुई। मुंबई की तुलना तो लोग चीन के 'वुहान' शहर से करने लगे, जहाँ महामारी का सबसे भीषण असर दिखाई दिया।

कोरोना का कहर

ठाकरे सरकार के लिए पहली बड़ी चुनौती कोविड-19 महामारी की शक्ल में आई। मार्च के अंत में उद्धव ठाकरे को राज्य में लॉकडाउन का ऐलान करना पड़ा। मुंबई और पुणे जैसे शहरों में बड़े पैमाने पर कोविड-19 से लोगों की मृत्यु हुई। मुंबई की तुलना तो लोग चीन के 'वुहान' शहर से करने लगे, जहाँ महामारी का सबसे भीषण असर दिखाई दिया। मुंबई में ही एशिया की सबसे बड़ी झुग्गी 'धारावी' है, जहाँ की पतली-सँकरी गलियों में बड़ी तेजी से संक्रमण फैला। ठाकरे सरकार के सामने चुनौती न केवल महामारी को नियंत्रित करने की थी, बल्कि दवाओं, इंजेक्शन और ऑक्सीजन की कमी से भी निपटने की थी। इन सबके अलावा सवाल था मुंबई के बाहर से आनेवाले मजदूरों को भूखे मरने

से बचाने का। सरकार की ओर से उनके लिए भोजन का इंतजाम किया गया और जब केंद्र सरकार ने श्रमिक विशेष ट्रेनें चलानी शुरू कीं तो उन मजदूरों को स्टेशन तक पहुँचाने के लिए बसों और टिकट का इंतजाम भी किया गया। उद्धव ठाकरे वक्त-वक्त पर टी.वी. पर आकर लोगों को संबोधित करते और सरकार की ओर से किए जानेवाले इंतजामों की जानकारी देते। मुंबई में रह रहे गैर-मराठीभाषियों को अपनी बात समझाने के लिए वे उन्हें हिंदी में भी संबोधित करते। कोरोनाकाल में ठाकरे की ओर से उठाए गए कदमों की काफी तारीफ हुई और एक सर्वे में उन्हें देश के पाँच बेहतरीन मुख्यमंत्रियों में से एक बताया गया।

एक तरफ महाराष्ट्र में कोरोना का कहर जारी था तो वहीं मुंबई के पड़ोसी जिले पालघर में एक ऐसी घटना हो गई, जिसने ठाकरे सरकार के विरोधियों को उसे कठघरे में खड़े करने का मौका दिया। 16 अप्रैल, 2019 की रात मुंबई के बोरीवली से दो साधु अपने गुरु के अंतिम संस्कार में शामिल होने की खातिर नासिक के लिए एक वैन में निकले।

पालघर साधु हत्याकांड

एक तरफ महाराष्ट्र में कोरोना का कहर जारी था तो वहीं मुंबई के पड़ोसी जिले पालघर में एक ऐसी घटना हो गई, जिसने ठाकरे सरकार के विरोधियों को उसे कठघरे में खड़े करने का मौका दिया। 16 अप्रैल, 2019 की रात मुंबई के बोरीवली से दो साधु अपने गुरु के अंतिम संस्कार में शामिल होने की खातिर नासिक के लिए एक वैन में निकले। चूँकि राज्यभर में लॉकडाउन लगा हुआ था और पुलिस सड़क पर वाहनों को निकलने नहीं दे रही थी, इसलिए उनके ड्राइवर ने जंगल के अंदरूनी रास्ते से होकर गुजरना तय किया। दुर्भाग्य से पालघर के अंदरूनी इलाकों में बीते कुछ दिनों अफवाह फैली हुई थी कि बच्चा चोरों का एक गिरोह सक्रिय है। इस अफवाह के चलते शक के आधार पर स्थानीय गाँववालों ने कुछ लोगों पर हमला भी किया था। जब दोनों साधुओं की वैन

गडचिंचले गाँव के पास से गुजरी तो उस वक्त भी व्हाट्सएप पर बच्चा चोरों के इलाके में घूमने की अफवाह के कारण कई लोग रात को लाठी-डंडों के साथ पहरा दे रहे थे। उन्हीं में से कुछ लोगों ने दोनों साधुओं और उनके ड्राइवर को बच्चा चोर गिरोह का सदस्य समझ लिया। उनकी वैन को रुकवाकर उनपर हमला किया गया। तीनों लोग लाठी-डंडों से पीटे जा रहे थे, तभी पुलिस की एक टीम भी वहाँ पहुँच गई, लेकिन गुस्साए गाँववालों की भीड़ ने पुलिसकर्मियों पर भी हमला कर दिया। पुलिस के सामने ही भीड़ ने तीनों की हत्या कर दी। इस जैसी घटनाएँ देश के अलग-अलग हिस्सों में कई दिनों से हो रही थीं, जिनमें बच्चा चोरी के शक में कई लोग मारे गए थे।

पालघर हत्याकांड का वीडियो जल्द ही वायरल हो गया, जिसने पूरे देश को झकझोर दिया। विश्व हिंदू परिषद् और बजरंग दल जैसे हिंदुत्ववादी संगठनों के अलावा बीजेपी ने हत्याकांड को लेकर ठाकरे सरकार को घेरना शुरू किया। यह आरोप लगाया गया कि साधुओं की हत्या सांप्रदायिक कारणों से की गई है और ठाकरे सरकार में हिंदू साधु-संत सुरक्षित नहीं हैं।

पालघर हत्याकांड का वीडियो जल्द ही वायरल हो गया, जिसने पूरे देश को झकझोर दिया। विश्व हिंदू परिषद् और बजरंग दल जैसे हिंदुत्ववादी संगठनों के अलावा बीजेपी ने हत्याकांड को लेकर ठाकरे सरकार को घेरना शुरू किया। यह आरोप लगाया गया कि साधुओं की हत्या सांप्रदायिक कारणों से की गई है और ठाकरे सरकार में हिंदू साधु-संत सुरक्षित नहीं हैं। ठाकरे सरकार ने मामले की जाँच सी.आई.डी. को सौंप दी और स्थानीय एस.पी. समेत कई पुलिसकर्मियों को हटा दिया, लेकिन इस मामले को लेकर बवाल कई दिनों तक चलता रहा। राष्ट्रीय मानवाधिकार आयोग ने भी महाराष्ट्र सरकार से इस मामले में रिपोर्ट मँगाई।

सुशांत सिंह राजपूत की मृत्यु

कोरोनाकाल में ठाकरे सरकार पालघर हत्याकांड के कारण उठे बवाल से जूझ ही रही थी कि दो महीने बाद एक और घटना उसके लिए मुसीबत बन गई थी। 14 जून को अभिनेता सुशांत सिंह राजपूत ने बांद्रा में अपने घर पर पंखे से लटककर आत्महत्या कर ली। इसके बाद सोशल मीडिया पर ये थ्योरी फैली कि सुशांत ने बॉलीवुड में हावी भाई-भतीजावाद के कारण खुदकुशी की है। उन्हें काम नहीं मिल रहा था, जिसकी वजह से वे डिप्रेशन में थे। एन.सी.पी. से आनेवाले तत्कालीन गृहमंत्री अनिल देशमुख ने इसके बाद मुंबई पुलिस को आदेश दिया कि वे इस कोण से भी मामले की जाँच करें। इस बीच फेसबुक पर एक पोस्ट ने कहानी में ट्विस्ट ला दिया। मुंबई के पश्चिमी उपनगर में रहनेवाले एक छुटभैए अभिनेता ने आरोप लगाया कि सुशांत ने आत्महत्या नहीं की, बल्कि उनकी हत्या की गई है। सुशांत की मौत को उस शख्स ने उनकी मैनेजर दिशा सालियान से जोड़ दिया, जिसने एक हफ्ते पहले ही आत्महत्या की थी। उस शख्स का आरोप था कि दिशा की भी हत्या हुई थी। उसके मुताबिक चूँकि सुशांत उसकी हत्या के गवाह थे, इसलिए उनको भी मार डाला गया। सुशांत की हत्या के पीछे उसने महाराष्ट्र सरकार में शामिल एक मंत्री के हाथ होने का आरोप लगाया। सोशल मीडिया पर वायरल हो चुकी इस पोस्ट की सत्यता का कोई आधार नहीं था, लेकिन जल्द ही मुद्दे को बीजेपी ने लपक

कोरोनाकाल में ठाकरे सरकार पालघर हत्याकांड के कारण उठे बवाल से जूझ ही रही थी कि दो महीने बाद एक और घटना उसके लिए मुसीबत बन गई थी। 14 जून को अभिनेता सुशांत सिंह राजपूत ने बांद्रा में अपने घर पर पंखे से लटककर आत्महत्या कर ली। इसके बाद सोशल मीडिया पर ये थ्योरी फैली कि सुशांत ने बॉलीवुड में हावी भाई-भतीजावाद के कारण खुदकुशी की है।

लिया। बिहार में विधानसभा चुनाव होने थे और सुशांत सिंह बिहारी थे। जाहिर है, सुशांत की मौत को भावनात्मक तौर पर भुनाकर सियासी फायदा बटोरने का मौका बीजेपी को नजर आया। बीजेपी नेता नारायण राणे ने एक प्रेस कॉन्फ्रेंस करके उन तमाम आरोपों को सही बताया, जो कि सोशल मीडिया की उस पोस्ट में लगाए गए थे और कहा कि उनके पास भी यही जानकारी है कि सुशांत की हत्या की गई। चूँकि नारायण राणे एक कद्दावर नेता हैं और महाराष्ट्र के मुख्यमंत्री रहे हैं, इसलिए उनके आरोपों को सभी ने गंभीरता से लिया। ठाकरे सरकार इस मामले में घिरती नजर आई।

इस बीच सुशांत सिंह के पिता ने पटना पुलिस के पास एफ.आई.आर. दर्ज करा दी कि उनके बेटे को सुशांत की प्रेमिका रिया चक्रवर्ती और उसके परिजनों ने आत्महत्या के लिए मजबूर किया। पटना पुलिस की एक टीम जाँच के लिए मुंबई पहुँची, लेकिन मुंबई पुलिस से उसे कोई सहयोग नहीं मिला। पटना पुलिस के एस.पी. के मुंबई पहुँचते ही बी.एम.सी. अधिकारियों ने कोविड का हवाला देकर उन्हें उसी गेस्ट हाउस में कैद कर दिया, जिसमें वे ठहरे थे। चूँकि मुंबई पुलिस और बी.एम.सी. दोनों उद्धव ठाकरे के अधीन हैं, इसलिए इस संदेह को और ज्यादा बल मिला कि ठाकरे सरकार पूरे मामले में कुछ छुपा रही है।

इस बीच सुशांत सिंह के पिता ने पटना पुलिस के पास एफ.आई.आर. दर्ज करा दी कि उनके बेटे को सुशांत की प्रेमिका रिया चक्रवर्ती और उसके परिजनों ने आत्महत्या के लिए मजबूर किया। पटना पुलिस की एक टीम जाँच के लिए मुंबई पहुँची, लेकिन मुंबई पुलिस से उसे कोई सहयोग नहीं मिला।

इस बीच मामले की जाँच सी.बी.आई. को सौंप दी गई। ठाकरे सरकार ने सुप्रीम कोर्ट में इसका विरोध किया, लेकिन फैसला उसके विरोध में गया। सी.बी.आई. की टीम ने करीब दो हफ्ते मुंबई में अपना डेरा जमाया और पूरे

मामले की फिर से जाँच की। दो साल बाद भी भले ही सी.बी.आई. ये साबित नहीं कर पाई कि सुशांत सिंह ने आत्महत्या नहीं की, बल्कि उनकी हत्या हुई है, लेकिन इस मामले ने कई महीनों तक ठाकरे सरकार को कठघरे में जरूर खड़ा रखा।

कंगना रनौत बनाम शिवसेना

ठाकरे सरकार की ग्रहदशा में सुशांत सिंह राजपूत की मौत के बाद से आया फिल्मी प्रभाव अभिनेत्री कंगना रनौत की एंट्री से और प्रबल हो गया। सुशांत सिंह की मौत के बाद से ही कंगना रनौत लगातार ट्विटर पर वीडियो डालकर बॉलीवुड की बड़ी हस्तियों पर भाई-भतीजावाद के आरोप लगाकर निशाना साध रही थीं। कुछ वक्त बाद ही उनके बयानों के निशाने पर मुंबई के पुलिस कमिश्नर परमबीर सिंह और मुख्यमंत्री उद्धव ठाकरे भी आ गए। बयानों के इसी सिलसिले में उन्होंने एक दिन मुंबई की तुलना पाकिस्तान अधिकृत कश्मीर से कर दी और कहा कि वे मुंबई में खुद को असुरक्षित महसूस करती हैं। रनौत का ये बयान शिवसेना बर्दाश्त नहीं कर पाई। पार्टी के सांसद संजय राउत ने गुस्से में कंगना रनौत को 'हरामखोर' कह दिया।

ठाकरे सरकार की ग्रहदशा में सुशांत सिंह राजपूत की मौत के बाद से आया फिल्मी प्रभाव अभिनेत्री कंगना रनौत की एंट्री से और प्रबल हो गया। सुशांत सिंह की मौत के बाद से ही कंगना रनौत लगातार ट्विटर पर वीडियो डालकर बॉलीवुड की बड़ी हस्तियों पर भाई-भतीजावाद के आरोप लगाकर निशाना साध रही थीं।

शिवसेना का गुस्सा राउत के अपमानास्पद शब्दों तक ही सीमित नहीं रहा। सितंबर की एक सुबह 40 मजदूरों और बुलडोजर के साथ बी.एम.सी. की एक टीम बांद्रा स्थित कंगना के मणिकर्णिका फिल्म्स के दफ्तर पहुँच

गई और अवैध निर्माण का आरोप लगाकर तोड़-फोड़ की काररवाई शुरू कर दी। इससे पहले कि कंगना के वकील बॉम्बे हाई कोर्ट से राहत पाते, ऑलीशान दफ्तर का एक बड़ा हिस्सा ढहाया जा चुका था। अदालती आदेश आने के बाद आगे की काररवाई रुक गई। इसे शिवसेना की ओर से कंगना के खिलाफ बदले की काररवाई के तौर पर देखा गया, क्योंकि बी.एम.सी. में शिवसेना की सत्ता है। जिस तेजी से बी.एम.सी. ने ये काररवाई की, उसपर सवाल उठाए गए। इस काररवाई के बावजूद कंगना ने ठाकरे सरकार के खिलाफ सोशल मीडिया पर अपनी मुहिम जारी रखी।

26 फरवरी, 2021 की शाम खबर आई कि देश के सबसे बड़े उद्योगपतियों में से एक मुकेश अंबानी के दक्षिण मुंबई में कारमाइकल रोड के घर के पास एक विस्फोटकों से लदी कार खड़ी है। उस कार में मुकेश अंबानी और उनके परिवार को जान से मारने की धमकी देनेवाला एक खत भी रखा गया था। मुंबई पुलिस ने मामले की जाँच क्राइम इंटेलिजेंस यूनिट (सी.आई.यू.) के इंस्पेक्टर सचिन वाजे को सौंपी।

एंटीलिया कांड

26 फरवरी, 2021 की शाम खबर आई कि देश के सबसे बड़े उद्योगपतियों में से एक मुकेश अंबानी के दक्षिण मुंबई में कारमाइकल रोड के घर के पास एक विस्फोटकों से लदी कार खड़ी है। उस कार में मुकेश अंबानी और उनके परिवार को जान से मारने की धमकी देनेवाला एक खत भी रखा गया था। मुंबई पुलिस ने मामले की जाँच क्राइम इंटेलिजेंस यूनिट (सी.आई.यू.) के इंस्पेक्टर सचिन वाजे को सौंपी। विस्फोटक चोरी की कार में रखे गए थे। उन दिनों महाराष्ट्र विधानसभा का सत्र चल रहा था। बीजेपी नेता देवेंद्र फडणवीस ने अपने सूत्रों के हवाले से खुलासा किया कि 'मनसुख हिरेन' नाम के जिस शख्स की चुराई गई कार में विस्फोटक रखे गए थे, वो जाँच अधिकारी सचिन वाजे का दोस्त था। उन्हें दाल में कुछ काला

नजर आ रहा था। फडणवीस सदन में अपना भाषण देकर निकले ही थे कि मनसुख हिरेन की मुंबई के पास ठाणे की खाड़ी में लाश मिलने की खबर आई। पूरे मामले की जाँच एन.आई.ए. ने अपने हाथ में ले ली। एन.आई.ए. ने अपनी जाँच के बाद आरोप लगाया कि अंबानी से वसूली के इरादे से इंस्पेक्टर सचिन वाजे ने खुद ही विस्फोटकों से लदी कार अंबानी के घर के बाहर खड़ी की थी। वही सचिन वाजे, जो कि मुंबई पुलिस की ओर से इस मामले का जाँच अधिकारी था। एन.आई.ए. के मुताबिक जब उसे लगा कि मनसुख हिरेन से पूछताछ में उसकी पोल खुल सकती है तो उसने अपने पूर्व बॉस और एनकाउंटर स्पेशलिस्ट अधिकारी प्रदीप शर्मा की मदद से उसे मरवा दिया। प्रदीप शर्मा और सचिन वाजे दोनों ही शिवसेना के सदस्य थे। पुलिस सेवा से रिटायर होने के बाद शर्मा ने शिवसेना के टिकट पर वसई-विरार सीट से 2019 में विधानसभा चुनाव भी लड़ा था। सचिन वाजे किसी वक्त में शर्मा की एनकाउंटर टीम का सदस्य हुआ करता था। साल 2004 में ख्वाजा यूनुस नाम के बमकांड के एक आरोपी की हिरासत में हुई मौत के बाद वाजे को निलंबित कर दिया गया था। निलंबन के बाद वाजे ने पुलिस सेवा से इस्तीफा दे दिया, जो मंजूर नहीं हुआ, लेकिन इस बीच वो शिवसेना का सदस्य बन गया।

> ***एन.आई.ए. के मुताबिक जब उसे लगा कि मनसुख हिरेन से पूछताछ में उसकी पोल खुल सकती है तो उसने अपने पूर्व बॉस और एनकाउंटर स्पेशलिस्ट अधिकारी प्रदीप शर्मा की मदद से उसे मरवा दिया। प्रदीप शर्मा और सचिन वाजे दोनों ही शिवसेना के सदस्य थे।***

बीजेपी ने ठाकरे सरकार को घेरते हुए कई गंभीर सवाल उठाए। निलंबित वाजे को फिर से पुलिस सेवा में क्यों लिया गया? वाजे को वापस लिये जाने के बाद उसे क्राइम इंटेलिजेंस यूनिट जैसी अहम इकाई का प्रभारी क्यों बनाया गया? सारे अहम मामलों की जाँच उसे ही क्यों सौंपी जाती थी?

बीजेपी की ओर से घिरने के बाद ठाकरे सरकार में गृहमंत्री अनिल देशमुख ने मुंबई के पुलिस कमिश्नर परमबीर सिंह को उनके पद से ये कहते हुए हटा दिया कि सिंह उन्हें गुमराह कर रहे थे। देशमुख के शब्दों से भड़के सिंह ने मुख्यमंत्री ठाकरे और राज्यपाल भगतसिंह कोश्यारी को एक ऐसा खत लिखा, जिसने सभी को सन्न कर दिया। सिंह ने अपने पत्र में आरोप लगाया कि देशमुख, सचिन वाजे को अपने बँगले पर बुलाया करते थे और हर महीने उससे मुंबई के होटल, बार और दूसरे प्रतिष्ठानों से 100 करोड़ रुपए की वसूली करके देने को कहते थे। सिंह के आरोपों के बाद अनिल देशमुख की कुरसी चली गई। परमबीर सिंह पर भी करीब आधा दर्जन आपराधिक मामले दर्ज किए गए और उन्हें पुलिस सेवा से निलंबित कर दिया गया। इस मामले ने ठाकरे सरकार की एक भद्दी तसवीर पेश की।

बीजेपी की ओर से घिरने के बाद ठाकरे सरकार में गृहमंत्री अनिल देशमुख ने मुंबई के पुलिस कमिश्नर परमबीर सिंह को उनके पद से ये कहते हुए हटा दिया कि सिंह उन्हें गुमराह कर रहे थे। देशमुख के शब्दों से भड़के सिंह ने मुख्यमंत्री ठाकरे और राज्यपाल भगतसिंह कोश्यारी को एक ऐसा खत लिखा, जिसने सभी को सन्न कर दिया।

जाँच एजेंसियों के सियासी इस्तेमाल का आरोप

1 नवंबर, 2021 को प्रवर्तन निदेशालय ने मनी लॉड्रिंग के आरोप में अनिल देशमुख को गिरफ्तार कर लिया। उनपर अपनी काली कमाई को कुछ फर्जी कंपनियों के सहारे अपने ट्रस्ट तक पहुँचाने का आरोप लगा। परमबीर सिंह की ओर से लगाए गए वसूली के आरोपों के आधार पर सी.बी.आई. ने भी देशमुख को गिरफ्तार कर लिया।

अनिल देशमुख केंद्रीय एजेंसियों की गिरफ्त में जानेवाले महाविकास अघाड़ी से जुड़े पहले नेता थे, लेकिन इसके बाद महाविकास अघाड़ी के नेताओं के खिलाफ मामलों का एक सिलसिला ही शुरू हो गया। देशमुख के बाद अगली गिरफ्तारी हुई अल्पसंख्यक विकास मंत्री नवाब मलिक की, जिन्हें मंत्री पद पर बने रहते हुए प्रवर्तन निदेशालय ने हिरासत में ले लिया। 23 फरवरी, 2022 को ईडी की एक टीम केंद्रीय पुलिस बल के साथ उनके कुर्ला स्थित निवास पर पहुँची और उन्हें पकड़कर दक्षिण मुंबई में अपने दफ्तर ले आई। मलिक पर आरोप लगा कि उन्होंने अंडरवर्ल्ड डॉन दाऊद इब्राहिम के लोगों से जमीन की खरीदारी का गैर-कानूनी तरीके से सौदा किया।

ईडी के शिकंजे में सिर्फ एन.सी.पी. के ही ये दो नेता नहीं थे, शिवसेना के भी कई नेताओं की ईडी ने नींद उड़ा रखी थी। ठाकरे सरकार में परिवहन मंत्री अनिल परब, सांसद संजय राउत, विधायक प्रताप सरनाईक और विधायक यामिनी जाधव के खिलाफ भी ईडी ने मामले दर्ज किए और उन्हें पूछताछ के लिए समन भेजे। मुंबई महानगरपालिका में शिवसेना के स्थायी समिति के अध्यक्ष यशवंत जाधव के घर पर इनकम टैक्स की ओर से छापे मारे गए, जो दो दिनों तक चले। उद्धव के करीबी विधायक रविंद्र वायकर को भी ईडी ने बुलाकर घंटों पूछताछ की।

ईडी के शिकंजे में सिर्फ एन.सी.पी. के ही ये दो नेता नहीं थे, शिवसेना के भी कई नेताओं की ईडी ने नींद उड़ा रखी थी। ठाकरे सरकार में परिवहन मंत्री अनिल परब, सांसद संजय राउत, विधायक प्रताप सरनाईक और विधायक यामिनी जाधव के खिलाफ भी ईडी ने मामले दर्ज किए और उन्हें पूछताछ के लिए समन भेजे।

शिवसेना और एन.सी.पी. की ओर से यह आरोप लगाया गया कि केंद्रीय एजेंसियों का बीजेपी दुरुपयोग कर रही है और तमाम मामले महाविकास

अघाड़ी को सत्ता से बेदखल करने की खातिर दर्ज किए जा रहे हैं। ठाणे से शिवसेना विधायक प्रताप सरनाईक तो ईडी की काररवाई से इतने आतंकित हो गए कि उन्होंने मुख्यमंत्री उद्धव ठाकरे को एक खुला खत लिख दिया कि केंद्रीय एजेंसियों की ओर से की जा रही काररवाई असहनीय हो रही है और इसे रोकने के लिए शिवसेना को बीजेपी से रिश्ते सुधार लेने चाहिए और दोनों को फिर से गठबंधन सरकार बना लेनी चाहिए।

उधर महाविकास अघाड़ी के घटक दल जहाँ बीजेपी पर केंद्रीय एजेंसियों के दुरुपयोग का आरोप लगा रहे थे तो वहीं अघाड़ी सरकार पर आरोप लगा कि वो अपने विरोधियों के दमन के लिए महाराष्ट्र पुलिस का इस्तेमाल कर रही है। महाविकास अघाड़ी के नेताओं पर भ्रष्टाचार का आरोप लगानेवाले सबसे मुखर चेहरा किरीट सोमैया थे।

उधर महाविकास अघाड़ी के घटक दल जहाँ बीजेपी पर केंद्रीय एजेंसियों के दुरुपयोग का आरोप लगा रहे थे तो वहीं अघाड़ी सरकार पर आरोप लगा कि वो अपने विरोधियों के दमन के लिए महाराष्ट्र पुलिस का इस्तेमाल कर रही है। महाविकास अघाड़ी के नेताओं पर भ्रष्टाचार का आरोप लगानेवाले सबसे मुखर चेहरा किरीट सोमैया थे। उन्होंने सरकारी कागजातों का हवाला देकर शिवसेना के अनिल परब और संजय राउत के खिलाफ गैर-कानूनी सौदों के कई गंभीर आरोप लगाए थे। सोमैया की ओर से आरोपों की झड़ी लगने के बाद शिव सैनिकों की ओर से उनपर हमले भी किए गए, जिसके बाद उन्हें केंद्रीय बल के कमांडो की सुरक्षा दी गई।

एक दिन संजय राउत ने भी उन पर पलटवार किया और कहा कि सोमैया और उनके बेटे नील ने 'विक्रांत बचाओ मुहिम' के नाम पर मोटी रकम जमा की और उसे अपनी पार्टी के लिए इस्तेमाल किया। नवंबर 2014 में सेवा समाप्ति के बाद भारतीय नौसेना के विमानवाहक पोत आई.एन.एस.

विक्रांत को कबाड़ में निकाला जाना था। उसे बचाने के लिए एक मुहिम चलाई गई थी। राउत के मुताबिक इस मुहिम के तहत सोमौया ने 57 करोड़ रुपए की रकम जमा करके धाँधली की। उन्होंने आरोप लगाया कि सोमैया की ओर से कहा गया था कि यह रकम राजभवन में जमा की जाएगी, लेकिन इसे बीजेपी को दे दिया गया, जिसने पैसों का इस्तेमाल चुनाव में किया। राउत के आरोप लगाए जाने के बाद एक पूर्व सैनिक की शिकायत पर सोमैया और उनके बेटे के खिलाफ ट्रॉम्बे पुलिस थाने में धोखाधड़ी का मामला दर्ज किया गया। अग्रिम जमानत के लिए अर्जी दिए जाते वक्त उनके वकील की दलील थी कि मुहिम के तहत 57 करोड़ रुपए नहीं, बल्कि 11 हजार रुपए ही जमा हो पाए थे। उस रकम को पार्टी के पास इसलिए जमा कराया गया, क्योंकि मुहिम पार्टी ने चलाई थी। किरीट सोमैया और उनके बेटे की सेशंस कोर्ट ने अग्रिम जमानत अर्जी खारिज कर दी, लेकिन बॉम्बे हाई कोर्ट से उन्हें जमानत मिल गई।

जबसे शिवसेना ने बीजेपी का साथ छोड़कर कांग्रेस और एन.सी.पी. के साथ सरकार बनाई, तब से बीजेपी लगातार आरोप लगाने लगी कि शिवसेना हिंदुत्व के मुद्दे से भटक गई है, वो बालासाहेब ठाकरे वाली भगवा शिवसेना नहीं रह गई। अप्रैल 2022 में एम.एन.एस. प्रमुख राज ठाकरे ने भी बीजेपी के सुर–में–सुर मिलाया।

हनुमान चालीसा के बहाने शिवसेना के हिंदुत्व पर सवाल

जबसे शिवसेना ने बीजेपी का साथ छोड़कर कांग्रेस और एन.सी.पी. के साथ सरकार बनाई, तब से बीजेपी लगातार आरोप लगाने लगी कि शिवसेना हिंदुत्व के मुद्दे से भटक गई है, वो बालासाहेब ठाकरे वाली भगवा शिवसेना नहीं रह गई। अप्रैल 2022 में एम.एन.एस. प्रमुख राज ठाकरे ने भी बीजेपी के सुर–में–सुर मिलाया। वैसे जब साल 2006 में राज ठाकरे ने शिवसेना से अलग होकर अपनी अलग पार्टी बनाई थी तो उन्होंने मराठीवाद

और परप्रांतीय विरोध का मुद्दा अपनाया था, लेकिन उस मुद्दे के आधार पर उनकी सियासत ज्यादा दिनों तक नहीं टिक सकी। साल 2014 और साल 2019 के विधानसभा चुनावों में वे एक सीट से ज्यादा नहीं जीत सके। नजीतजन जनवरी 2022 में उन्होंने हिंदुत्व का मुद्दा अपना लिया। पार्टी का चौरंगी झंडा बदलकर उसका रंग भी भगवा कर दिया। चूँकि शिवसेना हिंदुत्व के मुद्दे पर नरम पड़ती नजर आ रही थी, राज ठाकरे को उसकी जगह भरने का एक मौका नजर आया। अपने इसी हिंदुत्व के मुद्दे के तहत राज ठाकरे ने मसजिदों से लाउडस्पीकर पर दी जानेवाली अजान के खिलाफ मुहिम शुरू कर दी। राज ने कहा कि लाउडस्पीकरों से ध्वनि प्रदूषण होता है। उनकी ओर से अल्टीमेटम दे दिया गया कि अगर 4 मई, 2022 तक सभी मसजिदों से लाउडस्पीकर नहीं हटाए गए तो उनके कार्यकर्ता मसजिदों के सामने लाउडस्पीकर लगाकर हनुमान चालीसा बजाएँगे। राज ठाकरे के इस ऐलान से राज्य में सांप्रदायिक हिंसा का खतरा पैदा हो गया। पुलिस ने राज ठाकरे और कई एम.एन.एस. कार्यकर्ताओं के खिलाफ आपराधिक मामले दर्ज कर लिये। राज ठाकरे ने 5 जून को अयोध्या जाने का ऐलान किया, लेकिन स्थानीय बीजेपी सांसद बृजभूषण शरण सिंह ने शर्त रख दी कि राज को अयोध्या में तभी घुसने दिया जाएगा, जब वे उत्तर भारतीयों के खिलाफ उनकी पार्टी की ओर से की गई हिंसा के लिए माफी माँगें। इसके बाद राज ठाकरे ने अपना अयोध्या दौरा ये कहते हुए रद्द कर दिया कि उनके कार्यकर्ताओं को

शिवसेना हिंदुत्व के मुद्दे पर नरम पड़ती नजर आ रही थी, राज ठाकरे को उसकी जगह भरने का एक मौका नजर आया। अपने इसी हिंदुत्व के मुद्दे के तहत राज ठाकरे ने मसजिदों से लाउडस्पीकर पर दी जानेवाली अजान के खिलाफ मुहिम शुरू कर दी। राज ने कहा कि लाउडस्पीकरों से ध्वनि प्रदूषण होता है।

आपराधिक मामलों में फँसाने की साजिश रची गई थी।

उधर हनुमान चालीसा के मुद्दे को लेकर उद्धव ठाकरे पसोपेश में थे। अगर वे लोगों को हनुमान चालीसा बजाने से रोकते हैं तो उनकी हिंदू विरोधी छवि बन सकती थी और अगर नहीं रोकते तो सरकार में पार्टनर कांग्रेस और एन.सी.पी. खफा हो सकते थे। इस बीच अमरावती से निर्दलीय सांसद नवनीत राणा और उनके निर्दलीय विधायक पति रवि राणा भी पूरे विवाद में कूद पड़े। राणा दंपती ने ऐलान किया कि वे उद्धव ठाकरे के निजी निवास 'मातोश्री' के बाहर जाकर हनुमान चालीसा का पाठ करेंगे, जैसे ही दोनों के अमरावती से मुंबई आने की शिव सैनिकों को भनक लगी, बड़ी तादाद में वे मातोश्री और राणा दंपती के खार स्थित घर के बाहर जमा हो गए। इस बीच राणा दंपती की ओर से घर पर आयोजित प्रेस कॉन्फ्रेंस में दिए गए बयानों के आधार पर मुंबई पुलिस ने उनके खिलाफ राजद्रोह का मामला दर्ज कर लिया और दोनों को जेल भेज दिया गया। इस घटना के बाद शिवसेना की हिंदू विरोधी छवि न बने, इसलिए आदित्य ठाकरे 15 जून को अयोध्या रामलला के दर्शन करने और सरयू आरती करने चले गए। शिवसेना हिंदुत्व से विमुख नहीं हुई है, ये जताने के लिए उद्धव ठाकरे भी मुख्यमंत्री बनने के बाद अयोध्या जा चुके थे।

उधर हनुमान चालीसा के मुद्दे को लेकर उद्धव ठाकरे पसोपेश में थे। अगर वे लोगों को हनुमान चालीसा बजाने से रोकते हैं तो उनकी हिंदू विरोधी छवि बन सकती थी और अगर नहीं रोकते तो सरकार में पार्टनर कांग्रेस और एन.सी.पी. खफा हो सकते थे। इस बीच अमरावती से निर्दलीय सांसद नवनीत राणा और उनके निर्दलीय विधायक पति रवि राणा भी पूरे विवाद में कूद पड़े।

राज्यपाल से कड़वे रिश्ते

जब से उद्धव ठाकरे मुख्यमंत्री बने तब से राज्यपाल भगतसिंह कोश्यारी के साथ उनके रिश्तों में खटास नजर आई। राष्ट्रीय स्वयंसेवक संघ के रास्ते सार्वजनिक जीवन में प्रवेश करनेवाले कोश्यारी उत्तराखंड के मुख्यमंत्री रह चुके हैं और साल 2019 तक नैनीताल-उधम सिंह नगर से बीजेपी के सांसद थे।

> ***ठाकरे सरकार और राज्यपाल कोश्यारी के बीच पहला बड़ा टकराव तब सामने आया, जब महाराष्ट्र विधिमंडल के ऊपरी सदन, यानी विधान परिषद् में 12 सदस्यों को मनोनीत करने का वक्त आया। संविधान के अनुच्छेद 171 के मुताबिक राज्यपाल, सरकार की सिफारिश पर साहित्य, विज्ञान, कला, सहकार और सामाजिक कार्य जैसे क्षेत्रों से जुड़े 12 लोगों को अपने कोटे से सरकार की सिफारिश पर मनोनीत कर सकते हैं।***

ठाकरे सरकार और राज्यपाल कोश्यारी के बीच पहला बड़ा टकराव तब सामने आया, जब महाराष्ट्र विधिमंडल के ऊपरी सदन, यानी विधान परिषद् में 12 सदस्यों को मनोनीत करने का वक्त आया। संविधान के अनुच्छेद 171 के मुताबिक राज्यपाल, सरकार की सिफारिश पर साहित्य, विज्ञान, कला, सहकार और सामाजिक कार्य जैसे क्षेत्रों से जुड़े 12 लोगों को अपने कोटे से सरकार की सिफारिश पर मनोनीत कर सकते हैं।

इस कोटे के तहत सत्ता में शामिल तीनों पार्टियों ने चार-चार उम्मीदवारों के नाम राज्यपाल को भेज दिए। शिवसेना की ओर से भेजे गए नामों में फिल्म अभिनेत्री उर्मिला मातोंडकर का भी नाम था, लेकिन राज्यपाल कोश्यारी ने कुल 12 नामों की इस लिस्ट पर बार-बार याद दिलाने के बावजूद कोई फैसला नहीं लिया। सत्ताधारी पक्ष की ओर से आरोप लगाया गया कि कोश्यारी राज्यपाल के पद पर बैठकर

राजनीति कर रहे हैं, जबकि राज्यपाल की कुरसी पर बैठनेवाले शख्स को सियासत से दूर रहना चाहिए। शिवसेना के मुखपत्र 'सामना' ने तो यहाँ तक लिख दिया कि कोश्यारी अपनी पसंदीदा सरकार आने का इंतजार कर रहे हैं और इसी कारण सरकार द्वारा भेजे गए नामों पर फैसला नहीं ले रहे। शरद पवार ने आरोप लगाया कि कोश्यारी का बरताव असंवैधानिक और पक्षपातपूर्ण है।

विधानसभा स्पीकर के चुनाव के मुद्दे को लेकर भी ठाकरे सरकार और राज्यपाल कोश्यारी में टकराव हुआ। साल 2021 के मध्य में कांग्रेस के नाना पटोले की ओर से स्पीकर पद से इस्तीफा दिए जाने के बाद से यह पद खाली पड़ा हुआ था। ठाकरे सरकार ने नियमों में बदलाव किया कि स्पीकर का चुनाव गुप्त मतदान के बजाय खुलेतौर पर हो, साथ ही चुनाव की तारीख का ऐलान भी मुख्यमंत्री की सिफारिश पर ही राज्यपाल करें।

विधानसभा स्पीकर के चुनाव के मुद्दे को लेकर भी ठाकरे सरकार और राज्यपाल कोश्यारी में टकराव हुआ। साल 2021 के मध्य में कांग्रेस के नाना पटोले की ओर से स्पीकर पद से इस्तीफा दिए जाने के बाद से यह पद खाली पड़ा हुआ था। ठाकरे सरकार ने नियमों में बदलाव किया कि स्पीकर का चुनाव गुप्त मतदान के बजाय खुलेतौर पर हो, साथ ही चुनाव की तारीख का ऐलान भी मुख्यमंत्री की सिफारिश पर ही राज्यपाल करें। इन बदलावों के खिलाफ बीजेपी ने अदालत का दरवाजा खटखटाया। इस बीच मार्च महीने में ठाकरे सरकार ने राज्यपाल को सिफारिश की कि 16 मार्च, 2022 को स्पीकर पद का चुनाव कराया जाए। कोश्यारी ने ये कहकर सरकार की सिफारिश को खारिज कर दिया कि मामला अदालत में लंबित है।

खतरे की घंटी!

ठाकरे सरकार के ढाई साल भारी उठा-पटकवाले रहे, लेकिन उसके सामने सबसे नाजुक वक्त आया जून 2022 में। 10 जून को राज्यसभा की 5 और 20 जून को विधान परिषद् की 10 सीटों के लिए चुनाव होने थे। इन दोनों ही चुनावों में विधानसभा के उम्मीदवार वोट देते हैं। राज्यसभा का चुनाव गुप्त नहीं होता और वोटर को पर्ची अपनी पार्टी के प्रतिनिधि को दिखानी होती है कि उसने किसको वोट दिया, जबकि विधान परिषद् के चुनाव में गुप्त मतदान होता है।

> ***ठाकरे सरकार के ढाई साल भारी उठा-पटकवाले रहे, लेकिन उसके सामने सबसे नाजुक वक्त आया जून 2022 में। 10 जून को राज्यसभा की 5 और 20 जून को विधान परिषद् की 10 सीटों के लिए चुनाव होने थे। इन दोनों ही चुनावों में विधानसभा के उम्मीदवार वोट देते हैं।***

10 जून को राज्यसभा की 6 सीटों के लिए चुनाव हुआ। विधानसभा में संख्या बल के मुताबिक बीजेपी को 2, शिवसेना को 1, एन.सी.पी. को 1 और कांग्रेस को 1 सीट आसानी से मिल सकती थी···लेकिन मुकाबला था छठवीं सीट के लिए। छठवीं सीट के लिए बीजेपी और शिवसेना दोनों ही पार्टियों ने अपने उम्मीदवार उतारे थे। नतीजे शिवसेना के लिए एक बड़ा झटका थे। शिवसेना के उम्मीदवार संजय पवार को बीजेपी के उम्मीदवार धनंजय महाडिक ने हरा दिया था। पवार को 33 वोट मिले थे, जबकि महाडिक 41 वोट ले गए। सत्ता में होने के बावजूद शिवसेना अपने उम्मीदवार को नहीं जिता सकी। उसके लिए ये चिंता की बात थी। दरअसल जिन छोटी पार्टियों और निर्दलियों ने 2019 में ठाकरे सरकार का समर्थन किया था, उनमें से कइयों ने इस चुनाव में बीजेपी के उम्मीदवार को वोट दिया। ये ठाकरे सरकार के लिए पहली खतरे की घंटी थी।

दस दिनों बाद ही यानी 20 जून को विधान परिषद् की 10 सीटों के लिए

चुनाव हुए। बीजेपी ने अपनी ओर से 5 उम्मीदवार उतारे जबकि शिवसेना, कांग्रेस और एन.सी.पी. की ओर से दो-दो उम्मीदवार उतारे गए। कुल 10 सीटों के लिए 11 उम्मीदवार थे। जब नतीजे आए तो महाविकास अघाड़ी को बड़ा झटका लगा। बीजेपी के पाँचों उम्मीदवार जीत गए थे। जिस दसवीं सीट के लिए मुकाबला था वो बीजेपी के पास गई, जबकि कांग्रेस के उम्मीदवार चंद्रकांत हंडोरे हार गए। बीजेपी को ये जीत क्रॉस वोटिंग की वजह से मिली थी। न केवल महाविकास अघाड़ी को समर्थन करनेवाले निर्दलीय विधायकों ने बीजेपी के पक्ष में वोट डाले थे, बल्कि कांग्रेस और शिवसेना की ओर से भी कुछ वोट बीजेपी के उम्मीदवार को पड़े। इससे पहले कि महाविकास अघाड़ी इस हार को पचा पाती, एक भीषण संकट उसके लिए तैयार हो रहा था, जो कि सरकार के अस्तित्व को ही खतरे में डालनेवाला था।

दस दिनों बाद ही यानी 20 जून को विधान परिषद् की 10 सीटों के लिए चुनाव हुए। बीजेपी ने अपनी ओर से 5 उम्मीदवार उतारे जबकि शिवसेना, कांग्रेस और एन.सी.पी. की ओर से दो-दो उम्मीदवार उतारे गए। कुल 10 सीटों के लिए 11 उम्मीदवार थे।

□

3

योग दिवस पर राजयोग की ओर...

21 जून की सुबह पूरी दुनिया में 'योग दिवस' मनाया जा रहा था। मुंबई के मरीन ड्राइव पर समंदर किनारे सैकड़ों लोगों ने योगाभ्यास किया। वहीं से कुछ फासले पर राजभवन में राज्यपाल भगतसिंह कोश्यारी भी अंतरराष्ट्रीय छात्रों के साथ योग दिवस मना रहे थे। बताते हैं कि योग करने से सुकून मिलता है, तनाव से राहत मिलती है और मन को शांति मिलती है, लेकिन उस दिन एक शख्स का मन अशांत था। राजभवन से डेढ़ किमी. के फासले पर ही मुख्यमंत्री निवास 'वर्षा' में उद्धव ठाकरे का मन बेचैन था। बीती शाम महाविकास अघाड़ी के उम्मीदवार के विधान परिषद् में हार जाने और पार्टी के कुछ विधायकों की ओर से की गई क्रॉस वोटिंग से तो वे आहत थे ही, लेकिन एक और बड़े खतरे की आहट वे महसूस कर रहे थे। शिवसेना में नंबर दो और विधानसभा में विधायक दल के नेता एकनाथ शिंदे से संपर्क नहीं हो पा रहा था। शिवसेना के कुछ और विधायक भी गायब थे। उद्धव और उनके करीबियों को किसी साजिश की बू आ रही थी।

उद्धव की शिंदे से फोन पर आखिरी बातचीत बीती रात हुई थी। जब शिंदे विधान भवन से अचानक निकल गए तो किसी ने उद्धव को खबर दी थी। उद्धव ने फोन करके शिंदे से पूछा, "कहाँ जा रहे हो?"

शिंदे ने गुस्से भरी आवाज में जवाब दिया, "पता नहीं।"

"कब तक लौटोगे?"

“पता नहीं।”

शिंदे ने संक्षिप्त जवाब दिया और फोन रख दिया।

अगले दिन करीब 8 बजे ए.बी.पी. न्यूज पर ब्रेक हुई एक खबर से उद्धव का डर सच साबित हुआ। संवाददाता रौनक कुकड़े ने खबर दी कि एकनाथ शिंदे 17 से 18 विधायकों के साथ गुजरात चले गए हैं। उद्धव ठाकरे की सरकार संकट में है और सरकार अल्पमत में आ सकती है। रौनक से ही शिंदे की मुलाकात आखिरी बार हुई थी। रौनक, शिंदे से विधानसभा के उपाध्यक्ष के केबिन के बाहर मिले थे। शिंदे के चेहरे पर हाव-भाव तनावपूर्ण थे।

रौनक ने पूछा, “कोई लफड़ा हुआ क्या?”

“नहीं। सब सी.एम. कर रहे हैं। उन्हें सब रणनीति समझती है। उन्हीं से जाकर पूछो।”

शिंदे का चेहरा तमतमाया हुआ था।

“आप इतने नाराज तो कभी नहीं लगे। क्या हुआ?”

इससे पहले कि शिंदे जवाब दे पाते, कुछ निर्दलीय विधायकों के सचिव उन्हें बुलाने आए। ये विधायक पास ही के एक कमरे में एकत्रित थे। शिंदे उनसे मिलने गए और कुछ देर बाद उन सभी विधायकों के साथ मालाबार हिल स्थित अपने सरकारी आवास 'नंदनवन' के लिए निकल गए।

इससे पहले कि शिंदे जवाब दे पाते, कुछ निर्दलीय विधायकों के सचिव उन्हें बुलाने आए। ये विधायक पास ही के एक कमरे में एकत्रित थे। शिंदे उनसे मिलने गए और कुछ देर बाद उन सभी विधायकों के साथ मालाबार हिल स्थित अपने सरकारी आवास 'नंदनवन' के लिए निकल गए।

रौनक ने इससे पहले शिंदे को वाकई कभी इतने गुस्से में नहीं देखा था। शिंदे कम बोलते थे और शांत रहते थे, लेकिन उस शाम उनके हाव-भाव हमेशा से अलग थे। रौनक ने विधान भवन में ही रुककर शिंदे के गुस्से का

कारण टटोलने की कोशिश की। कुछ ही देर में उन्हें कारण पता चल गया।

उद्धव ने विधान भवन के अपने दफ्तर के अंदरूनी कमरे में (एंटी चैंबर में) एक बैठक बुलाई थी। उस बैठक में सांसद अनिल देसाई, मंत्री अनिल परब और और युवा सेना के सेक्रेटरी वरुण सरदेसाई थे। बारी-बारी से शिवसेना विधायकों को भीतर बुलाया जा रहा था और किस पैटर्न से मतदान करना है, उसकी पर्ची दी जा रही थी। विधान परिषद् के चुनाव को लेकर उद्धव की ओर से बुलाई गई इस अहम बैठक से शिंदे को बाहर रखा गया था। दो दिनों पहले ही एकनाथ शिंदे की पवई के होटल रेनेसाँ में आदित्य ठाकरे और संजय राउत से तीखी बहस हुई थी। राउत और आदित्य विधान परिषद् चुनाव में शिवसेना के संख्याबल से मिलनेवाले अतिरिक्त वोट कांग्रेस के उम्मीदवारों को देना चाहते थे, लेकिन एकनाथ शिंदे इसके खिलाफ थे। शायद उस दिन हुआ ये झगड़ा ही था, जिसकी वजह से विधान भवन में हो रही इस बैठक से एकनाथ शिंदे को बाहर रखा गया। बाहर उन एकनाथ शिंदे को रखा गया, जो शिवसेना के विधायक दल के नेता थे और पार्टी का एक बड़ा चेहरा थे। शिंदे ये बात जानते थे कि उद्धव ने अपना अलग इनर सर्किल बना लिया था, जिसमें उनके लिए कोई जगह नहीं थी, लेकिन इतनी अहम मीटिंग से खुद को बाहर रखे जाने को शिंदे ने अपने प्रति अविश्वास भी माना और अपना अपमान भी। उनसे पद में, उम्र में, ताकत में कम लोगों को उद्धव ठाकरे तरजीह दे रहे थे, लेकिन उन्हें दरकिनार किया जा रहा था। अब पानी

> ***उद्धव ने विधान भवन के अपने दफ्तर के अंदरूनी कमरे में (एंटी चैंबर में) एक बैठक बुलाई थी। उस बैठक में सांसद अनिल देसाई, मंत्री अनिल परब और और युवा सेना के सेक्रेटरी वरुण सरदेसाई थे। बारी-बारी से शिवसेना विधायकों को भीतर बुलाया जा रहा था और किस पैटर्न से मतदान करना है, उसकी पर्ची दी जा रही थी।***

सिर के ऊपर जा चुका था। बरदाश्त करने की भी एक हद होती है। एकनाथ शिंदे अब और अपमान सहने के लिए तैयार नहीं थे। वे कड़ा फैसला लेने का मन बना चुके थे। कड़ा फैसला लेने पर उनका साथ देने के लिए और उनके भविष्य की राह तय करने के लिए कुछ लोगों ने उन्हें भरोसा दे रखा था। उन्हीं के भरोसे शिंदे निकल पड़े सूरत की ओर···

खबर आई कि शिंदे अपने साथ 18–20 नहीं, बल्कि 30 विधायकों को लेकर सूरत पहुँचे हैं। इनमें शिवसेना विधायक, निर्दलीय विधायकों के अलावा तीन मंत्री भी थे—शंभुराज देसाई, अब्दुल सत्तार और संदीपन भुमरे। सूरत के डुमस रोड पर 170 कमरोंवाले सात सितारा ली मेरेडियन होटल में सभी ठहरे। होटल के बाहर 200 मीटर के घेरे में गुजरात पुलिस की कड़ी सुरक्षा लगा दी गई। सौ से ज्यादा पुलिसकर्मी होटल के अंदर और बाहर तैनात कर दिए गए। खबर मिलते ही सूरत के स्थानीय पत्रकार और मुंबई से भी मीडिया की टीमें होटल पहुँचने लगीं, लेकिन पुलिस ने किसी को भी होटल के अंदर नहीं घुसने दिया।

खबर आई कि शिंदे अपने साथ 18–20 नहीं, बल्कि 30 विधायकों को लेकर सूरत पहुँचे हैं। इनमें शिवसेना विधायक, निर्दलीय विधायकों के अलावा तीन मंत्री भी थे—शंभुराज देसाई, अब्दुल सत्तार और संदीपन भुमरे। सूरत के डुमस रोड पर 170 कमरोंवाले सात सितारा ली मेरेडियन होटल में सभी ठहरे। होटल के बाहर 200 मीटर के घेरे में गुजरात पुलिस की कड़ी सुरक्षा लगा दी गई।

विधायकों से मिलने के लिए बीजेपी विधायक संजय कुटे होटल पहुँचे। स्थानीय पत्रकारों को भनक लगी कि तड़के गुजरात प्रदेश बीजेपी के अध्यक्ष सी.आर. पाटिल भी होटल में एकनाथ शिंदे से मिलने पहुँचे थे और खबर ब्रेक होने से पहले ही अहमदाबाद के लिए रवाना हो गए। सूरत महानगरपालिका

की ओर से आयोजित 'योग दिवस' कार्यक्रम में भी वे शामिल नहीं हुए, जिसके लिए वे सूरत आए थे। सी.आर. पाटिल तो चले गए, लेकिन उनके करीबी सूरत बीजेपी के लोगों को महाराष्ट्र से आए मेहमानों की खातिरदारी की जिम्मेदारी सौंपी गई थी। किसी ने भी इस बात की पुष्टि नहीं की कि पाटिल और शिंदे के बीच उस सुबह मुलाकात हुई थी। बीजेपी सूत्रों के हवाले से कुछ पत्रकारों के पास ये भी खबर आई कि बीजेपी के महासचिव सी.टी. रवि और केंद्रीय मंत्री भूपेंद्र यादव को एकनाथ शिंदे और बागी विधायकों के साथ बातचीत का काम सौंपा गया है।

शिंदे के विधायकों के साथ सूरत पहुँचने की खबर से शिवसेना में खलबली मच गई। इतने विधायकों के एकसाथ सूरत जाने से सरकार के खतरे में पड़ने की आशंका थी। उन्हें वापस बुलाने के लिए ठाकरे ने सख्ती-नरमी का फॉर्मूला अपनाने का फैसला किया। उन्होंने तुरंत अपने सरकारी निवास 'वर्षा' पर एक बैठक बुलाई।

शिंदे के विधायकों के साथ सूरत पहुँचने की खबर से शिवसेना में खलबली मच गई। इतने विधायकों के एकसाथ सूरत जाने से सरकार के खतरे में पड़ने की आशंका थी। उन्हें वापस बुलाने के लिए ठाकरे ने सख्ती-नरमी का फॉर्मूला अपनाने का फैसला किया। उन्होंने तुरंत अपने सरकारी निवास 'वर्षा' पर एक बैठक बुलाई। इस बैठक के बाद एकनाथ शिंदे को शिवसेना के विधायक दल के नेता पद से हटा दिया गया और उनकी जगह पर अजय चौधरी को नया विधायक दल का नेता घोषित कर दिया गया। एक तरफ ठाकरे ने शिंदे के खिलाफ ये कड़ा कदम उठाया तो दूसरी ओर उनसे बातचीत के लिए अपने दो दूत भी भेजे। ये दूत थे उद्धव के निजी सचिव मिलिंद नार्वेकर और ठाणे से विधान परिषद् के सदस्य रविंद्र फाटक।

एकनाथ शिंदे को मनाने के लिए मिलिंद नार्वेकर के नाम को सुनकर

सियासी हलकों में कइयों को अचरज हुआ। 'मिलिंद नार्वेकर' वो नाम था, जिसे कई नेताओं ने अपने शिवसेना छोड़ने का कारण बताया था। पूर्व मुख्यमंत्री नारायण राणे, सांसद मोहन रावले और दूसरे नेताओं ने शिवसेना से रिश्ते तोड़ते वक्त नार्वेकर पर गंभीर आरोप लगाए थे। उनके मुताबिक नार्वेकर, उद्धव और पार्टी के नेताओं के बीच एक दीवार की तरह रुकावट बनते थे और अकसर उद्धव की ओर से लिये जानेवाले फैसलों को प्रभावित करते थे। वही मिलिंद नार्वेकर अब पार्टी से नाराज एक नेता को मनाने के लिए भेजे जा रहे थे। जिस आदमी को भूतकाल में उद्धव और संगठन के बीच दीवार की तरह पेश किया गया था, उसी आदमी को आज उद्धव और नाराज विधायकों के बीच पुल बनने का काम सौंपा गया।

"मुझे कैबिनेट मंत्रीपद में कोई दिलचस्पी नहीं है और न ही मैं शिवसेना अपने हाथ में लेना चाहता हूँ। मेरी चिंता शिवसेना को बचाने को लेकर है। मैं आपसे निवेदन करता हूँ कि कांग्रेस, एन.सी.पी. का साथ छोड़कर बीजेपी से हाथ मिला लीजिए।"

दोपहर तक नार्वेकर और फाटक सड़क के रास्ते सूरत पहुँच गए। होटल के अंदर घुसने से पहले उन्हें करीब आधे घंटे तक बाहर इंतजार करना पड़ा। नार्वेकर ने इसके बाद शिंदे से मिलकर अपने फोन पर उनकी उद्धव से बात कराई। बातचीत में शिंदे ने उद्धव से कहा—

"मुझे कैबिनेट मंत्रीपद में कोई दिलचस्पी नहीं है और न ही मैं शिवसेना अपने हाथ में लेना चाहता हूँ। मेरी चिंता शिवसेना को बचाने को लेकर है। मैं आपसे निवेदन करता हूँ कि कांग्रेस, एन.सी.पी. का साथ छोड़कर बीजेपी से हाथ मिला लीजिए।"

करीब बीस मिनट तक ठाकरे और शिंदे में बातचीत चली। जब तर्कों से बात नहीं बनी तो उनकी जगह भावनाओं ने ले ली। उद्धव की पत्नी रश्मि फोन पर आईं, जिन्हें शिंदे 'भाभी' कहते थे। रश्मि ठाकरे वैसे तो शिवसेना

में किसी पद पर नहीं थीं, लेकिन पार्टी और सरकार के कामकाज पर उनकी बारीकी से नजर रहती थी। महाराष्ट्र में होनेवाले तमाम राजनीतिक घटनाक्रमों की वे जानकारी रखतीं। बताते हैं कि नवंबर 2019 में जब महाविकास अघाड़ी की सरकार बननी तय हुई और उद्धव को बतौर मुख्यमंत्री पेश किया गया तो उद्धव वो पद स्वीकारने को तैयार नहीं थे। रश्मि ठाकरे के मनाए जाने पर उन्होंने मुख्यमंत्री बनना स्वीकार किया। चूँकि उद्धव 'सामना' अखबार के संपादक भी थे, इसलिए मुख्यमंत्री बनने के बाद उन्होंने संपादक का पद छोड़ दिया और रश्मि ठाकरे को संपादक बना दिया। कुछ देर तक रश्मि ठाकरे ने भी शिंदे को फोन पर वापस लौटने के लिए समझाया, लेकिन शिंदे टस-से-मस न हुए। बातचीत विफल रही। नार्वेकर और फाटक खाली हाथ वापस मुंबई लौटने के लिए निकले।

उधर मुंबई में शिवसेना सांसद और पार्टी के प्रवक्ता संजय राउत ने मीडिया के कैमरों पर आरोप लगाया कि इस पूरे घटनाक्रम के पीछे बीजेपी है। राउत के मुताबिक बीजेपी गुजरात से महाराष्ट्र की ठाकरे सरकार गिराने के लिए ऑपरेशन लॉटस चला रही थी। उन्होंने ये भी आरोप लगाया कि 4 विधायकों को जबरन अगवा करके सूरत ले जाया गया था और विरोध करने पर उनकी पिटाई की गई।

उधर मुंबई में शिवसेना सांसद और पार्टी के प्रवक्ता संजय राउत ने मीडिया के कैमरों पर आरोप लगाया कि इस पूरे घटनाक्रम के पीछे बीजेपी है। राउत के मुताबिक बीजेपी गुजरात से महाराष्ट्र की ठाकरे सरकार गिराने के लिए ऑपरेशन लॉटस चला रही थी। उन्होंने ये भी आरोप लगाया कि 4 विधायकों को जबरन अगवा करके सूरत ले जाया गया था और विरोध करने पर उनकी पिटाई की गई। इस बीच खबर आई कि अकोला से शिवसेना विधायक नितिन देशमुख, जो शिंदे के साथ

सूरत गए थे, बीमार पड़ गए और उन्हें सूरत के सिविल लाइंस अस्पताल में भर्ती कराना पड़ा। उनकी पत्नी प्रांजली ने अकोला पुलिस के पास उनके गुमशुदा होने की शिकायत दर्ज कराई। राउत ने मीडिया से कहा कि देशमुख को पिटाई के बाद हार्टअटैक आ गया था और इसी वजह से उन्हें अस्पताल में भर्ती कराया गया।

संजय राउत की तरह ही सभी का शक बीजेपी पर था कि वही परदे के पीछे से पूरे खेल को संचालित कर रही है, लेकिन बीजेपी की ओर से इस मामले पर कोई ठोस बयान नहीं दिया जा रहा था। महाराष्ट्र बीजेपी के प्रमुख चंद्रकांत पाटिल ने कहा, "ये शिवसेना का अंदरूनी झगड़ा है। शिवसेना में इस फूट से पता चलता है कि पार्टी के सदस्यों को उसके नेतृत्व पर विश्वास नहीं है। हम सरकार नहीं गिरा रहे, लेकिन राजनीति में कुछ भी मुमकिन है।" इसके बाद बीजेपी की ओर से पूरे मामले पर चुप्पी साध ली गई। देवेंद्र फडणवीस, जो महाराष्ट्र बीजेपी के सबसे बड़े नेताओं में से एक थे, उनकी ओर से कोई बयान नहीं आया। कांग्रेस से बीजेपी में शामिल हुए नेता कृपाशंकर सिंह पूरे मुद्दे पर लाइव बातचीत करने के लिए ए.बी.पी. न्यूज के कैमरे पर बैठे थे। इससे पहले कि बातचीत शुरू हो पाती, पार्टी के किसी वरिष्ठ नेता का उन्हें फोन आया और उन्हें कैमरे के सामने से हटना पड़ा।

महाराष्ट्र बीजेपी के प्रमुख चंद्रकांत पाटिल ने कहा, "ये शिवसेना का अंदरूनी झगड़ा है। शिवसेना में इस फूट से पता चलता है कि पार्टी के सदस्यों को उसके नेतृत्व पर विश्वास नहीं है। हम सरकार नहीं गिरा रहे, लेकिन राजनीति में कुछ भी मुमकिन है।"

सबकी नजरें अब शिंदे कैंप के अगले कदम पर लगी थीं। इस बीच उनकी ओर से एक ट्वीट आया, "हम बालासाहेब के वफादार शिव सैनिक हैं। बालासाहेब ने हमें हिंदुत्व सिखाया। बालासाहेब के हिंदुत्व और आनंद

दिघे के आदर्शों से हम कोई समझौता नहीं कर सकते। हमने कभी सत्ता के लिए धोखाधड़ी नहीं की।"

अगली रात, यानी 22 जून को तीन बजे 3 बसें 'ली मेरेडियन' होटल के सामने आकर लगीं। 2 बसों में सभी विधायक बैठे और तीसरी में उनका सामान रखा गया। होटल हवाई अड्डे से महज किमी. के फासले पर ही था, लेकिन कड़ी सुरक्षा के बीच तीनों बसों को निकाला गया और पूरे रास्ते में पुलिस का कड़ा इंतजाम किया गया। ये साफ हो गया था कि विधायकों को सूरत से किसी दूसरे शहर ले जाया जा रहा था, लेकिन कहाँ? गोवा? बेंगलुरु? भोपाल या वापस मुंबई?

□

4

चौथी बगावत

एकनाथ शिंदे का विधायकों के साथ अचानक सूरत चले जाना, वहाँ बीजेपी के लोगों का उनसे संपर्क करना और फोन पर उद्धव ठाकरे से बातचीत विफल होना; तमाम सियासी पंडितों के लिए इस निष्कर्ष पर पहुँचने के लिए काफी था कि शिवसेना में बगावत हो गई है। 'बगावत' शब्द के लिए शिवसेना में कोई जगह नहीं। इससे पहले भी शिवसेना में 3 बड़ी बगावतें हुईं, लेकिन जिसने भी बगावत की, उसे पार्टी से बाहर का रास्ता देखना पड़ा।

1991 : छगन भुजबल की बगावत

ये जगजाहिर बात है कि राजनीति के दाँवपेच फायदे-नुकसान देखकर चले जाते हैं। कोई स्थायी दोस्त या दुश्मन नहीं होता। यहाँ बदले जैसी भावना ज्यादा नहीं टिकती, लेकिन महाराष्ट्र की राजनीति में एक ऐसी मिसाल है, जहाँ एक शिष्य ने अपने गुरु से बगावत की और आगे चलकर उसे गिरफ्तार भी करवा दिया। ये किस्सा है बालासाहेब ठाकरे और छगन भुजबल के रिश्ते का, जो कभी गुरु-शिष्य की तरह हुआ करते थे, लेकिन इनके बीच जब एक तीसरे किरदार की एंट्री हुई तो ये एक-दूसरे के कट्टर दुश्मन बन गए।

1966 में बालासाहेब ठाकरे ने अपने कुछ दोस्तों के साथ मिलकर शिवसेना की शुरुआत की थी। पार्टी का एजेंडा था मराठी युवाओं को व्हाइट कॉलर रोजगार दिलाना, जिनपर ठाकरे की नजर में दक्षिण भारतीय लोगों की लॉबी हावी थी। मराठी माणूस को न्याय दिलाने के प्रण के साथ शिवसेना

ने दक्षिण भारतीयों के खिलाफ एक हिंसक आंदोलन शुरू किया। शिवसेना की इस मुहिम को परोक्ष तौर पर कांग्रेस पार्टी का भी समर्थन था, जो कि शहर में कम्युनिस्ट यूनियनों के वर्चस्व को खत्म करना चाहती थी। शिवसेना के विस्तार के लिए ठाकरे मुंबई और ठाणे में घूम-घूमकर भाषण देते थे। कभी छोटे-छोटे मैदानों में सभाएँ आयोजित होतीं तो कभी किसी चौराहे पर टैक्सी की छत पर खड़े होकर वे लोगों की भीड़ को संबोधित करते। ठाकरे के ऐसे ही एक भाषण को मुंबई के मजगाँव इलाके में रहनेवाले एक युवक ने सुना, जो कि भायखला की मंडी में सब्जी बेचकर अपना गुजारा करता था। ठाकरे के भाषण से वो इतना प्रभावित हुआ कि उसने पार्टी का सदस्य बनने का फैसला किया। वो शख्स था—'छगन भुजबल'। पार्टी से जुड़ने के बाद गए भुजबल को बालासाहेब ठाकरे से मुलाकात का मौका मिला। भुजबल के जोश और अपने विचारों के प्रति उनके आकर्षण को देखकर ठाकरे उनसे बेहद प्रभावित हुए। उन्हें भुजबल जैसे युवाओं की जरूरत थी, जो उनके आक्रामक विचारों को जमीन पर अमलीजामा पहनाएँ।

शिवसेना में भुजबल का कद बड़ी तेजी से बढ़ा। वे दबंग थे, तेज दिमाग थे, अच्छा भाषण दे लेते थे और ओ.बी.सी. समुदाय में उनकी अच्छी पकड़ थी। उनके प्रयासों से शिवसेना का महाराष्ट्र में खासा विस्तार हुआ। वे बाल ठाकरे के सबसे करीबी नेताओं में से एक माने जाते थे, लेकिन साल 1990 में कुछ ऐसा हुआ, जिसकी वजह से दोनों के बीच नफरत के बीज पनपने लगे।

शिवसेना में भुजबल का कद बड़ी तेजी से बढ़ा। वे दबंग थे, तेज दिमाग थे, अच्छा भाषण दे लेते थे और ओ.बी.सी. समुदाय में उनकी अच्छी पकड़ थी। उनके प्रयासों से शिवसेना का महाराष्ट्र में खासा विस्तार हुआ। वे बाल ठाकरे के सबसे करीबी नेताओं में से एक माने जाते थे, लेकिन साल 1990

में कुछ ऐसा हुआ, जिसकी वजह से दोनों के बीच नफरत के बीज पनपने लगे। उस साल हुए विधानसभा चुनाव के बाद शिवसेना सबसे बड़ा विरोधी दल बनकर उभरी। जब विधानसभा में नेता प्रतिपक्ष चुनने की बारी आई तो भुजबल को लगा कि जाहिर तौर पर बालसाहब ठाकरे उन्हें ही ये जिम्मेदारी देंगे, लेकिन ऐसा नहीं हुआ। भुजबल को ये जानकर सदमा लगा कि नेता प्रतिपक्ष का पद ठाकरे ने मनोहर जोशी को दे दिया।

न केवल भुजबल को नेता प्रतिपक्ष के पद से मोहताज रखा गया, उन्हें फिर से एक बार बी.एम. सी. की राजनीति में भेज दिया गया और मुंबई का मेयर बनाया गया। उस वक्त तो भुजबल ने जहर का घूँट पी लिया, लेकिन उन्हें लगातार लग रहा था कि बाल ठाकरे ने उनका डिमोशन किया है। राज्य की राजनीति से हटाकर शहर की राजनीति करने लगा दिया है।

न केवल भुजबल को नेता प्रतिपक्ष के पद से मोहताज रखा गया, उन्हें फिर से एक बार बी.एम.सी. की राजनीति में भेज दिया गया और मुंबई का मेयर बनाया गया। उस वक्त तो भुजबल ने जहर का घूँट पी लिया, लेकिन उन्हें लगातार लग रहा था कि बाल ठाकरे ने उनका डिमोशन किया है।

इस बीच केंद्र में राष्ट्रीय मोर्चे की गठबंधन सरकार आ गई, जिसने मंडल आयोग की पिछड़ा आरक्षण को लेकर की गई सिफारिशें लागू करना तय किया। महाराष्ट्र में शिवसेना की पार्टनर, बीजेपी इस फैसले का समर्थन कर रही थी, लेकिन शिवसेना विरोध में थी। ओ.बी.सी. समाज से आनेवाले भुजबल को ये बात नागवार गुजरी। इस बीच तत्कालीन प्रधानमंत्री वी.पी. सिंह मुंबई दौरे पर आए और उन्होंने भुजबल को जनता दल में शामिल होने का न्योता दिया। भुजबल ने इसके बावजूद शिवसेना नहीं छोड़ी, लेकिन पार्टी के रवैये के प्रति अपनी नाराजगी

जरूर जताते रहे। इसकी एक मिसाल ये थी कि 1990 में आडवाणी की सोमनाथ से अयोध्या तक की रथयात्रा के स्वागत के लिए बीजेपी-शिवसेना ने जो संयुक्त सभा रखी थी, भुजबल उसमें नहीं गए।

लेकिन भुजबल ने अपना मौन विरोध ज्यादा दिनों तक जारी नहीं रखा। मार्च 1991 में उन्होंने सार्वजनिक तौर पर मनोहर जोशी पर हमला किया और कहा कि वे विपक्ष के नेता के तौर पर असफल साबित हुए हैं। उन्होंने ये साफ किया कि मुंबई का दोबारा मेयर बनने में उनकी कोई दिलचस्पी नहीं है और अब उन्हें विपक्ष का नेता बनाया जाना चाहिए। भुजबल के बागी सुरों को देखते हुए बाल ठाकरे ने जोशी और भुजबल दोनों को अपने बँगले 'मातोश्री' पर बुलाया और उनमें सुलह कराने की कोशिश की। उस वक्त बयानबाजी तो बंद हो गई, लेकिन भुजबल ज्यादा दिनों तक शांत नहीं रह सके।

5 दिसंबर, 1991 को भुजबल ने आखिर बाल ठाकरे के खिलाफ विद्रोह का बिगुल बजा दिया। भुजबल के नेतृत्व में 18 शिवसेना के विधायकों ने विधानसभा स्पीकर को खत सौंपा कि वे शिवसेना 'बी' नाम का अलग से गुट बना रहे हैं और मूल शिवसेना से खुद को अलग कर रहे हैं। स्पीकर ने भुजबल के गुट को मान्यता दे दी, जिसके बाद उन्होंने अपने समर्थक विधायकों के साथ कांग्रेस की सदस्यता ले ली।

5 दिसंबर, 1991 को भुजबल ने आखिर बाल ठाकरे के खिलाफ विद्रोह का बिगुल बजा दिया। भुजबल के नेतृत्व में 18 शिवसेना के विधायकों ने विधानसभा स्पीकर को खत सौंपा कि वे शिवसेना 'बी' नाम का अलग से गुट बना रहे हैं और मूल शिवसेना से खुद को अलग कर रहे हैं। स्पीकर ने भुजबल के गुट को मान्यता दे दी, जिसके बाद उन्होंने अपने समर्थक विधायकों के साथ कांग्रेस की सदस्यता ले ली। इस तरह से शिवसेना को भुजबल ने दो 'फाड़' कर दिया। पार्टी

की स्थापना के बाद पहली बार किसी ने बाल ठाकरे से बगावत करने की हिमाकत की थी।

भुजबल ने तो शिवसेना को चोट पहुँचाई ही, लेकिन साथ-साथ बीजेपी ने भी उसके जले पर नमक छिड़का। भुजबल की बगावत के बाद विधानसभा में शिवसेना विधायकों की संख्या 52 से घटकर 34 हो गई। बीजेपी ने कहा कि अब तो विपक्ष का नेता उनका बनेगा, क्योंकि बीजेपी के पास शिवसेना से ज्यादा, यानी कि 41 विधायक हो गए। शिवसेना को बीजेपी की माँग के आगे झुकना पड़ा और बीजेपी से गोपीनाथ मुंडे विपक्ष के नेता बन गए।

भुजबल के कारण लगे दोहरे झटके से बाल ठाकरे खूब आहत हुए। उन्होंने भुजबल को गद्दार घोषित किया और 'लखोबा' कहकर उन्हें चिढ़ाने लगे। 'लखोबा' एक मराठी नाटक का किरदार है, जो कि दगाबाजी करता है। ठाकरे, भुजबल को उनकी गद्दारी के लिए सजा देना चाहते थे और इसका मौका उन्हें सात साल बाद 1997 में मिला, जब राज्य में शिवसेना-बीजेपी की सत्ता आ चुकी थी।

भुजबल के कारण लगे दोहरे झटके से बाल ठाकरे खूब आहत हुए। उन्होंने भुजबल को गद्दार घोषित किया और 'लखोबा' कहकर उन्हें चिढ़ाने लगे। 'लखोबा' एक मराठी नाटक का किरदार है, जो कि दगाबाजी करता है। ठाकरे, भुजबल को उनकी गद्दारी के लिए सजा देना चाहते थे और इसका मौका उन्हें सात साल बाद 1997 में मिला, जब राज्य में शिवसेना-बीजेपी की सत्ता आ चुकी थी। उस वक्त छगन भुजबल कांग्रेस की ओर से विधान परिषद् में विपक्ष के नेता थे और उनका सरकारी बँगला मुंबई के नरीमन पॉइंट इलाके में शिवसेना-बीजेपी के मंत्रियों के बगल में था।

भुजबल को सजा देने की योजना के तहत सबसे पहले उन्हें जो जेड सुरक्षा मिली थी, उसे हटाया लिया गया। 13 जुलाई की सुबह सैकड़ों शिव

सैनिक श्रम मंत्री साबिर शेख के बँगले पर जमा हुए और फिर अचानक भुजबल के बँगले में उन्होंने हमला कर दिया। शिव सैनिक भुजबल को पीटने के लिए ढूँढ़ रहे थे, लेकिन भुजबल ने खुद को एक कमरे के अंदर बंद कर लिया। गुस्साए शिव सैनिकों ने बँगले के अंदर खूब तोड़-फोड़ की, फर्नीचर को नुकसान पहुँचाया और फाइलों को आग लगा दी। पुलिस वहाँ पहुँची, लेकिन शिव सैनिकों को रोक नहीं पाई। भुजबल उस हमले में बाल-बाल बचे।

ठाकरे ने इस हमले का समर्थन किया और कहा कि भुजबल के भड़काऊ भाषण की वजह से उनके शिव सैनिकों ने आपा खो दिया था। पुलिस ने इस सिलसिले में 32 शिव सैनिकों के खिलाफ मामला दर्ज किया। भुजबल को सबक सिखाने की बाल ठाकरे की ख्वाहिश तो पूरी हो गई, लेकिन इस घटना ने भुजबल का मन बदले की भावना से भर दिया। वे बाल ठाकरे से इसका बदला लेना चाहते थे।

ठाकरे ने इस हमले का समर्थन किया और कहा कि भुजबल के भड़काऊ भाषण की वजह से उनके शिव सैनिकों ने आपा खो दिया था। पुलिस ने इस सिलसिले में 32 शिव सैनिकों के खिलाफ मामला दर्ज किया। भुजबल को सबक सिखाने की बाल ठाकरे की ख्वाहिश तो पूरी हो गई, लेकिन इस घटना ने भुजबल का मन बदले की भावना से भर दिया। वे बाल ठाकरे से इसका बदला लेना चाहते थे।

भुजबल को ये मौका मिला साल 2000 में, जब राज्य में कांग्रेस-एन.सी.पी. की सरकार आ चुकी थी और भुजबल को गृहमंत्री बनाया गया था। भुजबल ने बाल ठाकरे से बदला लेने के लिए वही जुलाई महीना चुना, जिसमें साल 1997 में उनपर हमला हुआ था। ठाकरे पर 1992-93 के मुंबई दंगों के दौरान 'सामना' अखबार में भड़काऊ संपादकीय लिखने का आरोप था, लेकिन जिन धाराओं के तहत

मामला दर्ज हुआ था, उसमें गिरफ्तारी के लिए सरकार की अनुमति लेनी जरूरी थी। ठाकरे के खिलाफ दर्ज मामला ठंडे बस्ते में पड़ा था, लेकिन भुजबल ने गृहमंत्री बनने के बाद मामला फिर खोल दिया और मुंबई पुलिस को अनुमति दे दी ठाकरे को गिरफ्तार करने के लिए।

ठाकरे की गिरफ्तारी की तारीख मुकर्रर हुई 25 जुलाई, 2000। ये एक बहुत बड़ा फैसला था। ठाकरे की गिरफ्तारी पर महाराष्ट्र भर में शिव सैनिकों से हिंसक प्रतिक्रिया आ सकती थी, फिर से दंगे हो सकते थे, लेकिन भुजबल अपने फैसले पर अडिग थे। उन्हें हर हाल में ठाकरे को गिरफ्तार करवाना था। उन्होंने तत्कालीन पुलिस कमिश्नर एम.एन. सिंह को सख्ती बरतने के आदेश दिए और बाहर से अतिरिक्त पुलिस बल मुंबई मँगवाया।

ठाकरे की गिरफ्तारी की तारीख मुकर्रर हुई 25 जुलाई, 2000। ये एक बहुत बड़ा फैसला था। ठाकरे की गिरफ्तारी पर महाराष्ट्र भर में शिव सैनिकों से हिंसक प्रतिक्रिया आ सकती थी, फिर से दंगे हो सकते थे, लेकिन भुजबल अपने फैसले पर अडिग थे। उन्हें हर हाल में ठाकरे को गिरफ्तार करवाना था।

25 जुलाई, 2000 के दिन मुंबई में सुबह से ही तनाव था। व्यापारियों ने हिंसा के डर से अपनी दुकानें बंद रखी थीं। करीब 500 पुलिसकर्मियों की एक टीम बांद्रा में 'मातोश्री' बँगले पर पहुँची और वहाँ से ठाकरे को लेकर पहले दादर में मेयर निवास पर पहुँची। मेयर निवास पर ही ठाकरे की औपचारिक तौर पर गिरफ्तारी हुई, जिसके बाद पुलिस की टीम उन्हें लेकर भोईवाडा कोर्ट पहुँची। कोर्ट के बाहरी परिसर को पुलिस ने छावनी में तब्दील कर दिया था। शिव सैनिक भी बड़े पैमाने पर कोर्ट के बाहर जमा हो गए थे।

कोर्ट के भीतर तनाव भरे माहौल में सुनवाई शुरू हुई। पुलिस ने ठाकरे को एडिशनल मेट्रोपॉलिटन मजिस्ट्रेट के सामने पेश किया और कहा कि उनके

खिलाफ लगे आरोपों की जाँच कर जल्द ही चार्जशीट दायर की जाएगी। इसके बाद ठाकरे के वकीलों ने उनकी जमानत अर्जी दायर की, लेकिन जज ने जमानत देने के बजाय ठाकरे के खिलाफ का मामला ही हमेशा के लिए ये कहते हुए बंद कर दिया कि अपराध के जाँच की समय-सीमा खत्म हो चुकी है।

अदालती कारवाई खत्म होते ही बाल ठाकरे अदालत से बाहर निकले और 2 उँगलियाँ दिखाते हुए शिव सैनिकों को संदेश दिया कि उनकी जीत हुई है। हिंसा करने के लिए तैयार शिव सैनिकों ने इसके बाद जश्न मनाया और पटाखे फोड़े। ठाकरे गिरफ्तारी के कुछ मिनटों बाद भले ही रिहा हो गए थे, लेकिन भुजबल के मन में बीते 3 साल से जल रही बदले की आग इसके बाद शांत हो गई थी।

अदालती कारवाई खत्म होते ही बाल ठाकरे अदालत से बाहर निकले और 2 उँगलियाँ दिखाते हुए शिव सैनिकों को संदेश दिया कि उनकी जीत हुई है। हिंसा करने के लिए तैयार शिव सैनिकों ने इसके बाद जश्न मनाया और पटाखे फोड़े। ठाकरे गिरफ्तारी के कुछ मिनटों बाद भले ही रिहा हो गए थे, लेकिन भुजबल के मन में बीते 3 साल से जल रही बदले की आग इसके बाद शांत हो गई थी।

साल 2008 में भुजबल और ठाकरे में सुलह हो गई। भुजबल ने ठाकरे के खिलाफ कुछ मानहानि के मामले दायर किए थे, जो ठाकरे की गिरती सेहत को देखकर उन्होंने वापस ले लिये। अपने निधन से कुछ वक्त पहले ठाकरे ने भुजबल को परिवार समेत अपने घर खाने पर भी बुलाया था। साल 2017 में मुंबई के सेशंस कोर्ट में उस मामले में भुजबल की गवाही हुई, जिसमें 20 साल पहले शिव सैनिकों ने उनके बँगले पर हमला किया था। भुजबल बतौर गवाह अपने बयान पर तो टिके रहे, लेकिन उन्होंने अदालत से निवेदन किया कि उन शिव सैनिकों को छोड़ दिया जाए, वे उन्हें माफ कर चुके हैं।

साल 2019 में एन.सी.पी. नेता अजीत पवार ने बयान दिया कि ठाकरे की गिरफ्तारी एक गलती थी। भुजबल की ओर इशारा करते हुए पवार ने कहा कि एक नेता की जिद की वजह से ठाकरे को गिरफ्तार किया गया था। बाद में वही छगन भुजबल उद्धव ठाकरे की कैबिनेट में मंत्री बने, जिनके पिता को कभी उन्होंने गिरफ्तार करवाया था।

1995 : नारायण राणे की बगावत

छगन भुजबल की तरह ही नारायण राणे भी बालासाहेब ठाकरे के बेहद खास हुआ करते थे। मुंबई के चेंबूर में रहनेवाले नारायण राणे कोंकण के कणकवली इलाके से थे। ठाकरे के विचारों से प्रभावित होकर राणे भी शिवसेना से जुड़े और पर-प्रांतियों के खिलाफ पार्टी के जमीनी संघर्ष में शामिल हुए। कोंकण में शिवसेना को स्थापित करने में राणे ने एक अहम भूमिका निभाई। राणे उस मराठा समुदाय से भी आते हैं, जिसका महाराष्ट्र की राजनीति में वर्चस्व है।

1995 में जब पहली बार राज्य में शिवसेना-बीजेपी की सरकार आई, तब ठाकरे ने मनोहर जोशी को बतौर मुख्यमंत्री चुना। ठाकरे ने कहा कि वे रिमोट कंट्रोल से सरकार चलाएँगे। इस बीच कुछ मामलों को लेकर ठाकरे और जोशी में अनबन होने लगी। ठाकरे ने महसूस किया कि जोशी बतौर मुख्यमंत्री खुद को ठाकरे से बड़ा जताने की कोशिश कर रहे थे।

1995 में जब पहली बार राज्य में शिवसेना-बीजेपी की सरकार आई, तब ठाकरे ने मनोहर जोशी को बतौर मुख्यमंत्री चुना। ठाकरे ने कहा कि वे रिमोट कंट्रोल से सरकार चलाएँगे। इस बीच कुछ मामलों को लेकर ठाकरे और जोशी में अनबन होने लगी। ठाकरे ने महसूस किया कि जोशी बतौर मुख्यमंत्री खुद को ठाकरे से बड़ा जताने की कोशिश कर रहे थे। उनकी सरकार पर भ्रष्टाचार के भी कुछ आरोप लगे। जोशी के पार्टी में दुश्मनों ने भी उनके खिलाफ ठाकरे के कान भरे। आखिर फरवरी 1999 में उन्होंने जोशी

को मुख्यमंत्री पद से हटा दिया और उनकी जगह नारायण राणे को मुख्यमंत्री बना दिया। राणे सिर्फ 9 महीनों के लिए ही मुख्यमंत्री रह पाए, क्योंकि उसके बाद विधानसभा चुनाव हो गए। चुनाव में शिवसेना-बीजेपी गठबंधन हार गया और कांग्रेस-एन.सी.पी. की सरकार बन गई।

ये वो दौर था, जब बालासाहेब ठाकरे के तीसरे बेटे उद्धव ठाकरे पूरी तरह से राजनीति में सक्रिय हो चुके थे। पार्टी के निर्णय लेने की प्रक्रिया में उनकी अहम भूमिका होती थी। धीरे-धीरे उद्धव ने पार्टी के भीतर अपने करीबी नए लोगों का एक घेरा बना लिया था। पुराने लोगों में से इस घेरे में मनोहर जोशी और सुभाष देसाई थे। उद्धव उन्हीं लोगों के साथ उठते-बैठते और उन्हीं की सुनते।

ये वो दौर था, जब बालासाहेब ठाकरे के तीसरे बेटे उद्धव ठाकरे पूरी तरह से राजनीति में सक्रिय हो चुके थे। पार्टी के निर्णय लेने की प्रक्रिया में उनकी अहम भूमिका होती थी। धीरे-धीरे उद्धव ने पार्टी के भीतर अपने करीबी नए लोगों का एक घेरा बना लिया था।

इस बीच नारायण राणे ने तत्कालीन विलासराव देशमुख की सरकार को गिराने के लिए एक योजना बनाई।

बात जून 2002 की है। महाराष्ट्र में कांग्रेस-एन.सी.पी. की गठबंधन सरकार थी। मुख्यमंत्री थे— विलासराव देशमुख। देशमुख एक खिचड़ी सरकार के मुखिया थे, जो कि निर्दलीय विधायकों और छोटे-छोटे दलों के समर्थन से बनी थी। देशमुख से पहले 1999 तक शिवसेना-बीजेपी की गठबंधन सरकार के मुख्यमंत्री नारायण राणे थे।

इस बीच खबर आई कि शेतकारी आणि कामगार पक्ष (शेकाप) के 5 विधायकों ने देशमुख सरकार से समर्थन वापस लेने का खत राज्यपाल को दिया है। शेकाप ने सुनील तटकरे नाम के नेता को कैबिनेट में लिये जाने का

विरोध किया था, क्योंकि शेकाप का मानना था कि एन.सी.पी. के तटकरे ने रायगढ़ के जिला परिषद् चुनाव में उसकी उम्मीदवार सुप्रिया पाटिल को हराने का काम किया था। देशमुख सरकार अल्पमत में आ गई। नारायण राणे ने मौके पर चौका मारने की कोशिश की। राज्यपाल पी.सी. अलेक्जेंडर ने देशमुख को दस दिनों का वक्त दिया बहुमत साबित करने के लिए। राणे को लगा कि अगर एन.सी.पी. के भी विधायक समर्थन वापस ले लें तो वे अपनी सरकार बना लेंगे।

अपने प्लान के तहत एन.सी.पी. और कांग्रेस के कुछ विधायकों को राणे ने अपने साथ कर लिया और 5 जून, 2002 को उन्हें मुंबई के जोगेश्वरी में मातोश्री स्पोर्ट्स क्लब में छुपाकर रखा गया। कांग्रेस-एन.सी.पी. की तरफ से आरोप लगाया गया कि इन विधायकों को राणे ने किडनैप किया था और उन्हें डरा-धमकाकर वहाँ रखा गया है। उन पर सरकार से समर्थन वापस लिये जाने के हलफनामे पर जबरन हस्ताक्षर करने का दबाव डाला जा रहा है।

अपने प्लान के तहत एन.सी.पी. और कांग्रेस के कुछ विधायकों को राणे ने अपने साथ कर लिया और 5 जून, 2002 को उन्हें मुंबई के जोगेश्वरी में मातोश्री स्पोर्ट्स क्लब में छुपाकर रखा गया। कांग्रेस-एन.सी.पी. की तरफ से आरोप लगाया गया कि इन विधायकों को राणे ने किडनैप किया था और उन्हें डरा-धमकाकर वहाँ रखा गया है।

मातोश्री स्पोर्ट्स क्लब के बाहर दिन-रात सैकड़ों शिव सैनिकों का पहरा लगा दिया गया। परिंदा भी क्लब के बाहर पर नहीं मार सकता था। नारायण राणे और शिवसेना के तत्कालीन बाला नाँदगाँवकर जैसे नेता खुद भी हर वक्त क्लब में मौजूद रहते थे। पत्रकारों को भी क्लब के इर्द-गिर्द नहीं फटकने दिया जा रहा था। शिव सैनिक कैमरा नहीं निकालने दे रहे थे।

इस बीच खबर आई कि एक रात पद्माकर वलवी नाम के कांग्रेस

विधायक ने जैसे-तैसे क्लब से निकल भागने की कोशिश की, लेकिन जिस ऑटो रिक्शा में बैठकर वलवी भाग रहे थे, उसे पहरे पर मौजूद शिव सैनिकों ने घेर लिया और वलवी को वापस क्लब में लाया गया।

वलवी की खबर बाहर आने के बाद सरकार ने विधायकों को छुड़ाने के लिए पुलिस का इस्तेमाल करने का फैसला किया। गृहमंत्री छगन भुजबल के निर्देश पर रात के वक्त ऑपरेशन करने का फैसला हुआ। ये काम क्राइम ब्रांच के तेज-तर्रार डी.सी.पी. को सौंपा गया। वे अपने साथ दो एनकाउंटर स्पेशलिस्ट अफसर और 100 पुलिसकर्मियों की फौज लेकर मातोश्री स्पोर्ट्स क्लब के अंदर तक पहुँच गए। उनके साथ एन.सी.पी. के दो विधायक भी थे। नारायण राणे उस वक्त सो रहे थे। जब उन्हें प्रदीप सावंत और एनकाउंटर स्पेशलिस्ट अफसरों के आने की खबर मिली तो वे आगबबूला हो गए। मातोश्री क्लब के गेट पर आकर उन्होंने खूब गाली-गलौज की। डी.सी.पी. के साथ आए पुलिसकर्मियों और विधायकों को धमकाया।

वलवी की खबर बाहर आने के बाद सरकार ने विधायकों को छुड़ाने के लिए पुलिस का इस्तेमाल करने का फैसला किया। गृहमंत्री छगन भुजबल के निर्देश पर रात के वक्त ऑपरेशन करने का फैसला हुआ। ये काम क्राइम ब्रांच के तेज-तर्रार डी.सी.पी. को सौंपा गया। वे अपने साथ दो एनकाउंटर स्पेशलिस्ट अफसर और 100 पुलिसकर्मियों की फौज लेकर मातोश्री स्पोर्ट्स क्लब के अंदर तक पहुँच गए।

राणे का रौद्र रूप देखकर वे पुलिस अधिकारी भी सहम गए। आखिरकार वे महाराष्ट्र के पूर्व मुख्यमंत्री थे और शिवसेना के दबंग नेता माने जाते थे। कोई भी पुलिस अधिकारी उनसे पंगा नहीं लेना चाहता था। लिहाजा अपने साथ बड़े पैमाने पर पुलिस फोर्स लाने के बावजूद उन अधिकारियों को बैरंग वापस लौटना पड़ा। इन

अधिकारियों को डर था कि कल को अगर राणे फिर से मुख्यमंत्री बन गए तो इनकी खैर नहीं होगी।

इसके बाद राणे ने मातोश्री स्पोर्ट्स क्लब के भीतर कुछ टी.वी. पत्रकारों को बुलाया। सभी विधायकों को कैमरे के सामने पेश किया गया, जिसमें वलवी भी शामिल थे। बीजेपी नेता गोपीनाथ मुंडे भी वहाँ मौजूद थे। उन्होंने सभी विधायकों से पत्रकारों का परिचय करवाया और बताया कि वे कौन से विधानसभा क्षेत्र से आते हैं। सभी विधायकों ने कैमरे पर ये कहा कि वे अपनी मर्जी से मातोश्री स्पोर्ट्स क्लब में रह रहे हैं। उनकी किडनैपिंग नहीं हुई है और वे सरकार से नाराजगी की वजह से अब राणे के साथ हैं। विधायकों का इंटरव्यू होते वक्त राणे खुद या उनका कोई आदमी विधायकों के पास मौजूद रहता था और वे क्या कह रहे हैं, ये सुनता था।

13 जून, 2002 की तारीख मुकर्रर हुई विलासराव देशमुख के लिए विधानसभा में बहुमत साबित करने की खातिर। शिव सैनिकों के पहरे के बीच राणे अपने साथ मौजूद विधायकों को लेकर विधान भवन पहुँचे। विधान भवन पहुँचने पर राणे सभी विधायकों को अपने केबिन में ले गए। विधायक वलवी ने बहाना बनाया कि उन्हें टॉयलेट जाना है और वे सीधे स्पीकर अरुण गुजराती के कमरे में पहुँच गए, लेकिन गुजराती वहाँ थे नहीं। बदहवास वलवी ने उन्हें ढूँढ़ा और पाया कि वे कमेटी रूम में थे। उन्होंने स्पीकर गुजराती को अपनी पूरी आपबीती सुनाई और कहा कि उन्हें खतरा महसूस हो रहा है। स्पीकर के आदेश पर उन्हें मार्शल की सुरक्षा प्रदान की गई।

13 जून, 2002 की तारीख मुकर्रर हुई विलासराव देशमुख के लिए विधानसभा में बहुमत साबित करने की खातिर। शिव सैनिकों के पहरे के बीच राणे अपने साथ मौजूद विधायकों को लेकर विधान भवन पहुँचे। विधान भवन पहुँचने पर राणे सभी विधायकों को अपने केबिन में ले गए।

विधानसभा में विश्वास प्रस्ताव आने से पहले स्पीकर गुजराती ने 7 विधायकों को अयोग्य घोषित कर दिया था, जिनमें से पाँच विधायक एन.सी. पी. के थे, एक जनता दल सेकुलर से था और एक निर्दलीय। सदन में स्थित सीटों की संख्या 288 से घटकर 281 हो गई, इसके अलावा PWP के 5 विधायकों ने वोटिंग में हिस्सा लेने का फैसला किया। ऐसे में बहुमत का मैजिक फिगर 138 हो गया। विलासराव देशमुख ने विश्वासमत जीत लिया। उन्हें समर्थन में 143 वोट मिले, जबकि विरोध में 133 वोट पड़े। सरकार बच गई और राणे ने फिर एक बार मुख्यमंत्री बनने का मौका गँवा दिया।

राणे का मानना था कि उनके इस ऑपरेशन के असफल होने के पीछे उद्धव ठाकरे और गोपीनाथ मुंडे का हाथ था। बालासाहेब ठाकरे शुरुआत में ऑपरेशन का समर्थन कर रहे थे, लेकिन एक बार जब उद्धव ठाकरे मातोश्री स्पोर्ट्स क्लब गए और नारायण राणे उन्हें वहाँ रिसीव करने के लिए नहीं मिले तो उससे वे खफा हो गए।

विधानसभा से खबर बाहर आते ही शिव सैनिकों और एन.सी.पी. कार्यकर्ताओं के बीच दंगा हो गया। मंत्रालय के सामने की सड़क पर दोनों पार्टियों के कार्यकर्ता एक-दूसरे पर पत्थर बरसाने लगे। पुलिस को लाठीचार्ज करना पड़ा और आँसू गैस के गोले बरसाने पड़े।

राणे का मानना था कि उनके इस ऑपरेशन के असफल होने के पीछे उद्धव ठाकरे और गोपीनाथ मुंडे का हाथ था। बालासाहेब ठाकरे शुरुआत में ऑपरेशन का समर्थन कर रहे थे, लेकिन एक बार जब उद्धव ठाकरे मातोश्री स्पोर्ट्स क्लब गए और नारायण राणे उन्हें वहाँ रिसीव करने के लिए नहीं मिले तो उससे वे खफा हो गए। राणे को शक है कि इसके बाद उद्धव ने बालासाहेब के कान भरे और फिर बालासाहेब ने ऑपरेशन का समर्थन करना बंद कर दिया। राणे को गोपीनाथ मुंडे पर भी शक था।

राणे के मुताबिक गोपीनाथ मुंडे की महत्त्वाकांक्षा खुद मुख्यमंत्री बनने की थी, इसलिए वे नहीं चाहते थे कि राणे फिर मुख्यमंत्री बनें। राणे को शक था कि मुंडे बाहरी तौर पर तो ऑपरेशन का समर्थन कर रहे थे, लेकिन गुपचुप वे इसके खिलाफ काम कर रहे थे। खैर, मुंडे तो दूसरी पार्टी के आदमी थे, लेकिन राणे को इस बात ने कचोटा कि उनकी अपनी पार्टी के उद्धव ने उनका साथ नहीं दिया।

राणे और उद्धव के बीच दूरियाँ बढ़ने लगीं और दोनों के बीच की कटुता उस वक्त ज्यादा बढ़ गई, जब साल 2003 में बालासाहेब ठाकरे ने उद्धव को अपना सियासी वारिस घोषित करते हुए उन्हें पार्टी का कार्याध्यक्ष बना दिया। अब नारायण राणे की पार्टी में बिल्कुल नहीं चलती थी। उन्हें महत्त्वपूर्ण बैठकों में नहीं बुलाया जाता था, उनके करीबियों को न तो तमाम चुनाव में टिकट दिए जा रहे थे और न ही संगठन में पद। वे जब भी कोई जनसभा रखते तो 'मातोश्री' से कोई नेताओं को फोन करता कि राणे के कार्यक्रम में कार्यकर्ता नहीं भेजने हैं। उनकी ओर से बुलाई गई पार्टी की बैठकों में भी कई नेता शिरकत नहीं करते। राणे ने महसूस किया कि शिवसेना में उनकी ताकत खत्म करने की साजिश रची जा रही है। बालासाहेब ठाकरे के राणे अब भी प्रिय थे, लेकिन उद्धव के सामने उनकी नहीं चलती थी। राणे ने अपनी आत्मकथा 'नॉ होल्ड्स बार्ड' में लिखा है कि उनके कारण अकसर बालासाहेब और उद्धव

राणे और उद्धव के बीच दूरियाँ बढ़ने लगीं और दोनों के बीच की कटुता उस वक्त ज्यादा बढ़ गई, जब साल 2003 में बालासाहेब ठाकरे ने उद्धव को अपना सियासी वारिस घोषित करते हुए उन्हें पार्टी का कार्याध्यक्ष बना दिया। अब नारायण राणे की पार्टी में बिल्कुल नहीं चलती थी। उन्हें महत्त्वपूर्ण बैठकों में नहीं बुलाया जाता था, उनके करीबियों को न तो तमाम चुनाव में टिकट दिए जा रहे थे और न ही संगठन में पद।

के बीच झगड़े होते थे और एक बार तो उद्धव ने बालासाहेब को धमकी दे डाली कि या तो राणे पार्टी में रहेंगे या फिर वे अपने परिवार के साथ 'मातोश्री' छोड़ देंगे।

आखिरकार नारायण राणे ने भी बगावत का बिगुल बजा दिया। 2004 के विधानसभा चुनाव में उद्धव की ओर से टिकट दिए गए ज्यादातर उम्मीदवार हार गए, तब राणे से रहा नहीं गया। अप्रैल 2005 में मुंबई में एक सभा के दौरान राणे ने उद्धव की खुलकर निंदा की और बताया कि पार्टी का कैसे सत्यानाश हो रहा है। राणे ने कहा कि शिवसेना अब वो पार्टी नहीं रह गई, जिसकी कल्पना बालासाहेब ने की थी। राणे ने आरोप लगाया कि पार्टी के चुनावी टिकट बेचे जाते थे और उद्धव के निजी सचिव मिलिंद नार्वेकर सौदा करते थे। राणे के उद्धव पर इस खुलेआम हमले के बाद शिवसेना से उन्हें निष्काषित कर दिया गया, हालाँकि राणे का कहना था कि वे पहले ही पार्टी से और विधायक पद से इस्तीफा बालासाहेब को सौंप चुके थे। शिवसेना छोड़ने के बाद राणे कांग्रेस में शामिल हो गए।

आखिरकार नारायण राणे ने भी बगावत का बिगुल बजा दिया। 2004 के विधानसभा चुनाव में उद्धव की ओर से टिकट दिए गए ज्यादातर उम्मीदवार हार गए, तब राणे से रहा नहीं गया। अप्रैल 2005 में मुंबई में एक सभा के दौरान राणे ने उद्धव की खुलकर निंदा की और बताया कि पार्टी का कैसे सत्यानाश हो रहा है। राणे ने कहा कि शिवसेना अब वो पार्टी नहीं रह गई, जिसकी कल्पना बालासाहेब ने की थी।

2005 : राज ठाकरे की बगावत

बालासाहेब जैसे दिखते थे, वो वैसा दिखता है। बालासाहेब जैसे बोलते थे, वो वैसा बोलता है। बालासाहेब जितने आक्रामक थे, वो उतना आक्रामक

है। बालासाहेब जैसे कार्टून बनाते थे, वो वैसा कार्टून बनाता है। बालासाहेब भी ठाकरे थे और वो भी ठाकरे है। इस शख्स का नाम है—राज ठाकरे। शिवसेना में तीसरी बड़ी बगावत राज ठाकरे ने की थी।

सन् 1988 में बालासाहेब के भतीजे राज ने राजनीति में प्रवेश किया था। बालासाहेब के बेटे उद्धव पार्टी की जनसभाओं में तो बालासाहेब और राज के साथ जाते थे, लेकिन तसवीरें खींचने में मशगूल रहते। 1992 के बाद से उद्धव ने भी सक्रिय तौर पर शिवसेना के लिए काम करना शुरू किया। उद्धव शालीन और शांत स्वभाव के माने जाते थे, जबकि राज को चमक-दमक पसंद थी और वे अपने चाचा बालासाहेब की तरह गरम मिजाज के थे। राज को शिवसेना की छात्र इकाई भारतीय विद्यार्थी सेना का प्रमुख बनाया गया था। उन्हें मराठी युवाओं को रोजगार दिलाने के लिए खड़ी की गई शिव उद्योग सेना का भी प्रभारी बनाया गया, जिसने 1995 में पॉप स्टार माइकल जैक्सन को एक शो करने के लिए मुंबई आमंत्रित किया था।

सन् 1988 में बालासाहेब के भतीजे राज ने राजनीति में प्रवेश किया था। बालासाहेब के बेटे उद्धव पार्टी की जनसभाओं में तो बालासाहेब और राज के साथ जाते थे, लेकिन तसवीरें खींचने में मशगूल रहते। 1992 के बाद से उद्धव ने भी सक्रिय तौर पर शिवसेना के लिए काम करना शुरू किया।

राज ठाकरे के तेवर और बालासाहेब ठाकरे के व्यक्तित्व से उनके व्यक्तित्व की समानता को देखते हुए सभी यही मान रहे थे कि बालासाहेब के सियासी वारिस राज ठाकरे ही होंगे, लेकिन इस बीच एक घटना ने राज ठाकरे के सियासी कॅरियर को बड़ा नुकसान पहुँचाया। वो घटना थी 'रमेश किणी' नाम के शख्स की रहस्यमय मौत। 23 जुलाई, 1996 को मुंबई के दादर इलाके में रहनेवाले किणी पुणे के एक सिनेमा हॉल में मृत पाए गए। किणी की पत्नी शीला ने आरोप लगाया कि उन्हें 'सामना' दफ्तर में बुलाया गया था, जहाँ

राज ठाकरे उन दिनों रोज जाते थे। शीला का कहना था कि वे जिस किराए के घर में रह रहे थे, उसको जबरन खाली करवाने के लिए मकान मालिक राज ठाकरे के जरिए मानसिक तौर पर उन्हें प्रताड़ित कर रहे थे। इस मामले में पुलिस ने राज ठाकरे के खासमखास आशुतोष राणे को गिरफ्तार कर लिया। इस बीच विपक्ष की ओर से भी मामले को उठाया गया और बॉम्बे हाई कोर्ट के आदेश के बाद जाँच सी.बी.आई. को सौंप दी गई। सी.बी.आई. ने राज ठाकरे से भी घंटों पूछताछ की। कुछ दिनों बाद इस मामले से राज ठाकरे को क्लीन चिट तो मिल गई, लेकिन इससे उन्हें सियासी तौर पर काफी नुकसान पहुँचा। इस दौरान राज के चचेरे भाई उद्धव पार्टी के भीतर उनके प्रतिस्पर्धी बन गए थे और लगातार उनका वर्चस्व बढ़ रहा था।

आखिरकार 2003 में महाबलेश्वर के एक अधिवेशन में उद्धव ठाकरे को पार्टी का कार्याध्यक्ष घोषित कर दिया गया। उन्हें कार्याध्यक्ष घोषित करने का प्रस्ताव राज ठाकरे की ओर से ही पेश करवाया गया, हालाँकि सियासी गलियारों में यही माना जाता है कि ऐसा बालासाहेब की मर्जी से हुआ।

आखिरकार 2003 में महाबलेश्वर के एक अधिवेशन में उद्धव ठाकरे को पार्टी का कार्याध्यक्ष घोषित कर दिया गया। उन्हें कार्याध्यक्ष घोषित करने का प्रस्ताव राज ठाकरे की ओर से ही पेश करवाया गया, हालाँकि सियासी गलियारों में यही माना जाता है कि ऐसा बालासाहेब की मर्जी से हुआ। कई लोग इसे बालासाहेब के पुत्रमोह में लिये गए फैसले के तौर पर देखते हैं।

राज ठाकरे, बालासाहेब के सियासी वारिस बनते-बनते रह गए, लेकिन पार्टी में रहते हुए उद्धव और उनके बीच तकरार शुरू हो गई। उद्धव ठाकरे की ओर से राज ठाकरे के खेमे को दरकिनार किया जाने लगा। महानगरपालिकाओं और विधानसभा चुनावों में राज के लोगों को कम टिकट दिए जाते थे। अहम

फैसलों में उन्हें शामिल नहीं किया जाता था। उधर राज भी उद्धव से छत्तीस का आँकड़ा रखने में पीछे नहीं रहते। एक तरफ उद्धव ने मुंबई में रहनेवाले तमाम भाषिकों को साथ जोड़ने के लिए 'मी मुंबईकर' अभियान शुरू किया तो वहीं राज ठाकरे के कार्यकर्ताओं ने कल्याण रेलवे स्टेशन पर रेल भर्ती परीक्षा के लिए आए यूपी, बिहार के परीक्षार्थियों की पिटाई कर दी।

27 नवंबर, 2005 को राज ठाकरे ने अपने घर 'कृष्ण कुंज' पर अपने समर्थकों की एक बैठक बुलाई और ऐलान किया कि वे शिवसेना छोड़ रहे हैं। राज ने कहा कि क्लर्क उन दिनों शिवसेना चला रहे थे और बालासाहेब के उनके खिलाफ कान भर रहे थे, लेकिन बालासाहेब तब भी उनके लिए देवता समान रहेंगे। इसके अगले ही दिन 'सामना' अखबार में एक संपादकीय छपा, जिसमें राज पर कटाक्ष करते हुए लिखा गया—"शिवसेना किसी की निजी संपत्ति नहीं है। हिमालय की परछाईं में रहनेवाले खुद को हिमालय से बड़ा न समझें। जो लोग शिवसेना की पीठ में छुरा घोंप रहे हैं, वे सोंचे कि वे कहाँ होते अगर शिवसेना में न होते।" एक तरफ 'सामना' में राज के खिलाफ ऐसे कड़वे शब्द छपे तो दूसरी तरफ 'सामना' के कार्यकारी संपादक संजय राउत उन्हें समझाने के लिए उनके घर पहुँचे। घर के बाहर मौजूद राज समर्थकों ने राउत की कार तोड़ डाली। इस घटना के पहले राज कोंकण में चुनाव प्रचार की खातिर निकले थे, लेकिन आधे रास्ते से ही लौट आए, क्योंकि उन्हें किसी ने बताया कि उन्हें खत्म करने की साजिश रची गई है।

27 नवंबर, 2005 को राज ठाकरे ने अपने घर 'कृष्ण कुंज' पर अपने समर्थकों की एक बैठक बुलाई और ऐलान किया कि वे शिवसेना छोड़ रहे हैं। राज ने कहा कि क्लर्क उन दिनों शिवसेना चला रहे थे और बालासाहेब के उनके खिलाफ कान भर रहे थे, लेकिन बालासाहेब तब भी उनके लिए देवता समान रहेंगे।

तीन हफ्ते बाद राज ठाकरे ने अपनी नई पार्टी का ऐलान किया, जिसको नाम दिया गया—महाराष्ट्र नवनिर्माण सेना (मनसे)। साल 2006 की संस्थापना रैली में राज ने ऐलान किया कि उनकी पार्टी सभी समुदायों के हित के लिए काम करेगी और महाराष्ट्र को एक प्रगतिशील राज्य बनाएगी, लेकिन जल्द ही मनसे ने ठीक उसी तरह से मराठीवाद और परप्रांतीय विरोध का मुद्दा अपनाया, जैसा कि उनके चाचा बालासाहेब ने शिवसेना गठित करते वक्त किया था। राज ठाकरे ने शिवसेना पर निशाना साधते हुए आरोप लगाया कि वो अब मराठी हितों की बात नहीं करती है और मराठियों की असली खैरख्वाह मनसे है। महाराष्ट्र में मुंबई, पुणे, कल्याण और नासिक जैसे शहरों में यूपी, बिहार के लोगों पर मनसे कार्यकर्ताओं ने हमले किए। इन दंगों में कुछ लोगों की मौत हुई और हजारों की तादाद में उत्तर भारतीयों का पलायन हुआ।

इन दंगों के दौरान विलासराव देशमुख की अगुआई में महाराष्ट्र की कांग्रेस-एन.सी.पी. सरकार ने मनसे के प्रति नरम रवैया अपनाया। देशमुख जानते थे कि मनसे के विस्तार से कांग्रेस की दुश्मन शिवसेना के वोट कटेंगे और शिवसेना कमजोर हो जाएगी। 2009 के विधानसभा चुनाव में हुआ भी ऐसा ही। मनसे को तो महज 13 ही सीटें मिलीं, लेकिन कई सीटों पर मनसे उम्मीदवारों की ओर से वोट काटे जाने के कारण शिवसेना उम्मीदवार हार गए।

इन दंगों के दौरान विलासराव देशमुख की अगुआई में महाराष्ट्र की कांग्रेस-एन.सी.पी. सरकार ने मनसे के प्रति नरम रवैया अपनाया। देशमुख जानते थे कि मनसे के विस्तार से कांग्रेस की दुश्मन शिवसेना के वोट कटेंगे और शिवसेना कमजोर हो जाएगी। 2009 के विधानसभा चुनाव में हुआ भी ऐसा ही। मनसे को तो महज 13 ही सीटें मिलीं, लेकिन कई सीटों पर मनसे

उम्मीदवारों की ओर से वोट काटे जाने के कारण शिवसेना उम्मीदवार हार गए। शिवसेना को सबसे शर्मनाक हार अपने गढ़ में ही झेलनी पड़ी। जिस माहिम विधानसभा क्षेत्र में शिवसेना भवन है, वहाँ की सीट भी मनसे के पास चली गई। कांग्रेस-एन.सी.पी. को शिवसेना के वोट बँटने का फायदा मिला और वो फिर एक बार सत्ता में आ गई। कई राजनीतिक पंडितों की फितरत होती है कि वे किसी भी घटना के बाद निष्कर्षों पर कूदने में देर नहीं करते और अकसर आत्मविश्वास के साथ भविष्यवाणियाँ कर डालते हैं। 2009 के चुनावी नतीजों के बाद भी सियासी गलियारों में चर्चा होने लगी कि शिवसेना का अस्तित्व संकट में है और आनेवाले वक्त में मनसे ही असली शिवसेना होगी।

अब तक जिन भी नेताओं ने शिवसेना से बगावत की, उनकी छवि कट्टर शिव सैनिक की थी, पार्टी के विस्तार में उन्होंने अहम भूमिका निभाई थी, वे सभी बालासाहेब ठाकरे के वफादार हुआ करते थे और बगावत के बावजूद भी उनके मन में बालासाहेब के प्रति सम्मान कायम रहा। इसी कड़ी में नाम जुड़ गया एकनाथ शिंदे का।

2022 : एकनाथ शिंदे की बगावत

अब तक जिन भी नेताओं ने शिवसेना से बगावत की, उनकी छवि कट्टर शिव सैनिक की थी, पार्टी के विस्तार में उन्होंने अहम भूमिका निभाई थी, वे सभी बालासाहेब ठाकरे के वफादार हुआ करते थे और बगावत के बावजूद भी उनके मन में बालासाहेब के प्रति सम्मान कायम रहा। इसी कड़ी में नाम जुड़ गया एकनाथ शिंदे का। 2019 के राजनीतिक ड्रामे के वक्त जिस तरह से शिंदे ने पार्टी विधायकों को बीजेपी की ओर से सेंधमारी का शिकार होने से बचाया और सरकार बनवाने में अपनी पूरी ताकत लगा दी, उसके मद्देनजर किसी ने भी कल्पना नहीं की थी कि वे भी शिवसेना को गच्चा दे देंगे या फिर शिवसेना अपने कब्जे में होने का दावा करेंगे।

एकनाथ शिंदे का सियासी सफर बड़ा उतार–चढ़ाव भरा रहा। मुंबई के पड़ोसी शहर ठाणे की एक मराठी बहुल बस्ती किसन नगर की एक साधारण सी चाल में वे अपने परिवार के साथ रहते थे। पिता ने महानगरपालिका के स्कूल में दाखिला तो करा दिया, लेकिन घर के खराब आर्थिक हालातों के चलते पढ़ाई बीच में ही छोड़नी पड़ी। कभी ऑटोरिक्शा चलाकर तो कभी मजदूरी करके शिंदे अपने परिवार का भरण–पोषण करते थे। इस बीच वे अपने कुछ साथियों के साथ राष्ट्रीय स्वयं सेवक संघ से जुड़ गए। इलाके के एक हिंदू शख्स के मुसलमान बन जाने पर विवाद हो गया था और उसे वापस हिंदू धर्म में लाने के लिए कुछ लोग ठाणे के शिवसेना प्रभारी आनंद दिघे से मिले। उन लोगों में शिंदे भी थे। बातचीत के दौरान दिघे ने परख लिया कि शिंदे में नेतृत्व के गुण हैं और वो साहसी भी हैं। उन्होंने शिंदे के सामने शिवसेना का शाखा प्रमुख बनने का प्रस्ताव रखा और ये भी कहा कि शाखा प्रमुख बनना काँटों के ताज पहनने जैसा होगा, क्योंकि कई आपराधिक मामले अपने सिर लेने होंगे और गुंडागर्दी करने का आरोप लगेगा। शिंदे ने दिघे का प्रस्ताव स्वीकार कर लिया।

एकनाथ शिंदे का सियासी सफर बड़ा उतार–चढ़ाव भरा रहा। मुंबई के पड़ोसी शहर ठाणे की एक मराठी बहुल बस्ती किसन नगर की एक साधारण सी चाल में वे अपने परिवार के साथ रहते थे। पिता ने महानगरपालिका के स्कूल में दाखिला तो करा दिया, लेकिन घर के खराब आर्थिक हालातों के चलते पढ़ाई बीच में ही छोड़नी पड़ी।

आनंद दिघे का शिवसेना में अलग रुतबा था। पद में वे शिवसेना प्रमुख बालासाहेब के नीचे थे, लेकिन उनकी इज्जत ठाकरे से कम न थी। वे बालासाहेब को अपना नेता नहीं, गुरु मानते थे। ठाकरे भी दिघे की किसी बात को नहीं नकारते थे। एक बार ठाणे मेयर के चुनाव के दौरान शिवसेना

के एक पार्षद ने क्रॉस वोटिंग कर दी। इस गद्दारी से गुस्साए दिघे पर उसकी हत्या करने का आरोप लगा। इस घटना के बाद से उन्हें धर्मवीर बुलाया जाने लगा। धीरे-धीरे शिंदे, दिघे के सबसे खास आदमी बन गए।

साल 2000 में शिंदे के जीवन में एक ऐसी घटना घटी, जिसने उनके परिवार को तोड़कर रख दिया। सातारा में बोटिंग के दौरान जिस नाव में उनके 11 साल का बेटा दिपेश और 7 साल की बेटी शुभदा सवार थे, वो पलट गई और शिंदे की आँखों के सामने ही दोनों की डूबकर मौत हो गई। इसके बाद शिंदे ने अपने आप को पूरी दुनिया से काट लिया। उनमें जीने की इच्छा नहीं बची, लेकिन परिवार में पत्नी, एक बेटा श्रीकांत और बूढ़े माता-पिता थे, जो उनपर आश्रित थे। शिंदे ने तय किया कि अब वे सिर्फ उन्हीं के लिए जिएँगे। इस बीच आनंद दिघे उनसे मिलने आए। उन्होंने शिंदे को सांत्वना तो दी ही, हौसला भी दिया। दिघे ने शिंदे को कहा कि अब अपने आँसू पोंछकर दुनिया के आँसू पोंछने का काम करो। जरूरतमंदों की मदद में खुद को लगा दो। दिघे ने शिंदे को ठाणे महानगरपालिका के सभागृह का नेता बना दिया। दरअसल दिघे चाहते थे कि शिंदे खुद को खूब व्यस्त कर लें, ताकि वे बच्चों को खो देने के दुःख से बाहर निकल सकें।

साल 2000 में शिंदे के जीवन में एक ऐसी घटना घटी, जिसने उनके परिवार को तोड़कर रख दिया। सातारा में बोटिंग के दौरान जिस नाव में उनके 11 साल का बेटा दिपेश और 7 साल की बेटी शुभदा सवार थे, वो पलट गई और शिंदे की आँखों के सामने ही दोनों की डूबकर मौत हो गई। इसके बाद शिंदे ने अपने आप को पूरी दुनिया से काट लिया।

दिघे की बात मानते हुए शिंदे सामाजिक और राजनीतिक काम में रम गए। ठाणे महानगरपालिका में उनका दफ्तर रात 11-12 बजे तक लोगों

की भीड़ से भरा रहता। शिंदे शिवसेना में जरूर थे, लेकिन उन्होंने कभी उन लोगों को निशाना नहीं बनाया, जिन्हें कि उनकी पार्टी ने दुश्मन बना रखा था और जिनके खिलाफ पार्टी ने मुहिम चलाई थी। शिवसेना की ओर से जब उत्तर भारतीयों के खिलाफ हिंसक अभियान चलाया गया तो शिंदे ने ठाणे में किसी उत्तर भारतीयों को असुरक्षित नहीं महसूस होने दिया। ठाणे के रहनेवाले कई उत्तर भारतीय उनकी ओर से दिखाए गए अपनत्व के कायल हैं। जब शिवसेना ने मुसलमानों पर निशाना साधा तो शिंदे ने ठाणे के मुसलमानों को हिंसा से दूर रखा। यहाँ के मुसलमान सम्मान के साथ उन्हें याद करते हैं। इलाके के होटलों में होनेवाली वेश्यावृत्ति के खिलाफ उन्होंने आक्रामक मुहिम चलाई, जिसकी वजह से उनपर कई आपराधिक मामले भी हुए। कोरोनाकाल के दौरान कई ऐसे मामले आए, जहाँ कई गरीब परिवार अस्पताल का बिल नहीं भर पाए। शिंदे ने उनके इलाज का खर्च उठाया और कई मृतकों का अंतिम संस्कार भी करवाया। साल 2019 में जब केरल में भीषण बाढ़ आई, तब अपने खर्चे पर डॉक्टरों की टीम, अनाज और जरूरी दवाओं के साथ वे बाढ़ग्रस्त लोगों की मदद के लिए पहुँच गए। ठाणे में शिंदे की इमेज एक रॉबिनहुड की बन गई, जो गरीबों की मदद के लिए हमेशा तैयार रहता था।

साल 2001 में शिंदे को उस वक्त एक और झटका लगा, जब उनके गुरु आनंद दिघे की मौत हो गई। अगस्त के महीने में एक कार हादसे में दिघे घायल हो गए थे। उन्हें सिंघानिया अस्पताल में भर्ती कराया गया, लेकिन चंद दिनों बाद हार्ट अटैक आने से अस्पताल में ही उनकी मौत हो गई। ठाणे के शिव सैनिकों को दिघे की मौत के पीछे किसी साजिश का शक हुआ।

साल 2001 में शिंदे को उस वक्त एक और झटका लगा, जब उनके गुरु आनंद दिघे की मौत हो गई। अगस्त के महीने में एक कार हादसे में

दिघे घायल हो गए थे। उन्हें सिंघानिया अस्पताल में भर्ती कराया गया, लेकिन चंद दिनों बाद हार्ट अटैक आने से अस्पताल में ही उनकी मौत हो गई। ठाणे के शिव सैनिकों को दिघे की मौत के पीछे किसी साजिश का शक हुआ। गुस्से में आकर उन्होंने पूरा अस्पताल जला दिया, डॉक्टरों और पत्रकारों से मारपीट की और कई वाहन जला दिए। उस मामले में ठाणे पुलिस ने करीब डेढ़ सौ लोगों को गिरफ्तार किया था। शिंदे ने ये कहते हुए उन्हें छुड़ाने की खातिर कानूनी मदद उपलब्ध कराई कि ये सब उन लोगों ने दिघे के प्रति प्रेम की वजह से किया था।

साल 2004 में शिंदे ने पहली बार ठाणे से विधानसभा का चुनाव लड़ा और तब से लगातार बतौर विधायक चुने जाते रहे। वे भले ही ठाणे से विधायक हैं, लेकिन शिवसेना में उनका कद काफी बड़ा है। उनका प्रभाव न केवल ठाणे में है, बल्कि पड़ोसी जिले जैसे पालघर, नासिक, रायगढ़ और दक्षिण-पश्चिम महाराष्ट्र, कोंकण और मराठवाड़ा के कुछ इलाकों में भी है। उन्हें एक जनाधारवाला नेता माना जाता है और उनकी छवि एक तन-मन-धन से पार्टी को समर्पित शिव सैनिक की रही है। उनका बेटा श्रीकांत कल्याण से 2019 में सांसद चुना गया।

साल 2004 में शिंदे ने पहली बार ठाणे से विधानसभा का चुनाव लड़ा और तब से लगातार बतौर विधायक चुने जाते रहे। वे भले ही ठाणे से विधायक हैं, लेकिन शिवसेना में उनका कद काफी बड़ा है। उनका प्रभाव न केवल ठाणे में है, बल्कि पड़ोसी जिले जैसे पालघर, नासिक, रायगढ़ और दक्षिण-पश्चिम महाराष्ट्र, कोंकण और मराठवाड़ा के कुछ इलाकों में भी है।

इन चार बगावतों के बीच शिवसेना ने कुछ छोटी बगावतें भी देखीं, जैसे संजय निरुपम, गणेश नाईक और मोहन रावले का पार्टी छोड़कर चले

जाना, लेकिन अब तक की छोटी-बड़ी बगावतों से शिवसेना को उतना नुकसान नहीं पहुँचा जितना कि एकनाथ शिंदे की बगावत से। सियासी गलियारों में सवाल ये उठाया गया कि आखिर उन आनंद दिघे के चेले शिंदे को ये बगावत करने की नौबत क्यों आ गई, जिनका कहना था—गद्दारी को माफी नहीं!

□

5

क्यों हुई बगावत?

किसी ने कहा था कि राजनीति वो नहीं होती जो दिखाई देती है, राजनीति तो हमेशा परदे के पीछे होती है। जो कुछ जनता को नजर आता है, वो दिखावा होता है, लेकिन परदे के पीछे चलनेवाले असली खेल का पर्दाफाश घटना के कुछ वक्त बाद या तो खोजी पत्रकार करते हैं या फिर भावनाओं में बहकर कुछ खिलाड़ी खुद-ब-खुद सच उगल देते हैं। एकनाथ शिंदे की ओर से बगावत का कारण ये बताया गया कि शिवसेना हिंदुत्व से विमुख हो रही थी, बालासाहेब ठाकरे के दिखाए रास्ते पर नहीं चल रही थी और उसने एन.सी.पी. और कांग्रेस जैसी विपरीत विचारधारा वाली पार्टियों के साथ बेमेल गठबंधन कर लिया था। जनता के बीच भुनाने के लिए ये तमाम बातें ठीक थीं, लेकिन हकीकत इन मुद्दों से ज्यादा बड़ी और पेचीदा थी। ढाई साल के महाविकास अघाड़ी के कार्यकाल में बहुत कुछ ऐसा हुआ, जो धीरे-धीरे शिवसेना को दो फाड़ की स्थिति के करीब लाता गया।

मुख्यमंत्री बनने से चूक गए थे एकनाथ शिंदे

शिंदे ने भले ही ये कहा हो कि उन्हें किसी पद की लालसा नहीं थी, लेकिन मुख्यमंत्री जैसे शक्तिशाली पद का हाथ से निकल जाना कहीं-न-कहीं दिल को कचोटता जरूर है। नवंबर 2019 में शिंदे ने भी कुछ ऐसा ही महसूस किया होगा। चुनाव नतीजे आने के बाद जब मुख्यमंत्री की कुरसी के मसले पर शिवसेना अलग हो गई और ये तय हो गया कि महाविकास अघाड़ी सरकार

में सीएम शिवसेना का होगा, तब शिंदे और उनके करीबियों को लगा था कि उद्धव ठाकरे उनके नाम का ऐलान बतौर मुख्यमंत्री करेंगे। ऐसी उम्मीद करना तर्कहीन भी नहीं था। शिवसेना में विधायकों के बीच एकनाथ शिंदे के कद का दूसरा कोई विधायक नहीं था। एकनाथ शिंदे के पास जनाधार था, पैसा था और महाराष्ट्र के बड़े हिस्सों में नेटवर्क भी। उन्होंने तमाम समाजसेवा के काम अपने खर्चे से किए थे, लेकिन श्रेय शिवसेना को दिलावाया था। लगातार चार बार से वे ठाणे से विधायक चुने जा रहे थे और तीस साल से शिवसेना से जुड़े रहने के दौरान तमाम पदों पर काम करने का उनका अनुभव था। शिंदे के सीएम बनने की उम्मीद उस वक्त और ज्यादा बढ़ गई, जब शिवसेना भवन में हुई विधायक दल की बैठक के बाद उन्हें विधायक दल का नेता चुना गया।

शिवसेना के दिवंगत प्रमुख बालासाहेब ठाकरे ने शपथ ले रखी थी कि वे कभी सरकार में शामिल नहीं होंगे। 1995 में जब उनके जीवनकाल में एक बार शिवसेना को राज्य की सत्ता मिली, तब भी उन्होंने सरकार से बाहर रहने का फैसला किया और कहा कि रिमोट कंट्रोल से सरकार चलाएँगे।

शिवसेना के दिवंगत प्रमुख बालासाहेब ठाकरे ने शपथ ले रखी थी कि वे कभी सरकार में शामिल नहीं होंगे। 1995 में जब उनके जीवनकाल में एक बार शिवसेना को राज्य की सत्ता मिली, तब भी उन्होंने सरकार से बाहर रहने का फैसला किया और कहा कि रिमोट कंट्रोल से सरकार चलाएँगे। मनोहर जोशी को उन्होंने मुख्यमंत्री बना दिया। सभी को लगा कि उद्धव भी अपने पिता का अनुसरण करेंगे, लेकिन ऐसा हुआ नहीं। सरकार बनाने के लिए जब एन.सी.पी. प्रमुख शरद पवार कांग्रेस का समर्थन माँगने दिल्ली में सोनिया गांधी से मिले तो गांधी ने शर्त रख दी कि उद्धव ही मुख्यमंत्री बनें तो समर्थन मिलेगा। दूसरी तरफ उद्धव को भी पत्नी और बेटे ने यह पद स्वीकारने को तैयार किया। ऐसे में उद्धव मुख्यमंत्री बन गए और शिंदे चूक गए।

मंत्रालय में बाहरी हस्तक्षेप

जब महाविकास अघाड़ी की सरकार बनी तो जो गिने-चुने अहम मंत्रालय शिवसेना को मिले, उनमें से एक था नगरविकास मंत्रालय। आमतौर पर मुख्यमंत्री इस मंत्रालय को अपने अधीन रखते हैं। राज्य की तमाम नगरपालिकाएँ, महानगरपालिकाएँ और शहरी विकास के संस्थान इसी विभाग के अधीन आते हैं। उद्धव ने यह विभाग एकनाथ शिंदे को दे दिया। एकनाथ शिंदे नगरविकास मंत्री तो बन गए, लेकिन वे लगातार ये देख रहे थे कि उनके विभाग में दखलअंदाजी हो रही है और बतौर मंत्री उनके अधिकारों का हनन हो रहा है।

शिंदे के करीबियों के मुताबिक आदित्य ठाकरे थे तो पर्यावरण और पर्यटन मंत्री, लेकिन उन्होंने शिंदे के मंत्रालय पर भी अघोषित रूप से अपना अधिकार जमा लिया था। मुंबई मेट्रोपॉलिटन डेवलपमेंट अथॉरिटी जैसे नगरविकास संस्थानों की बैठक, जो शिंदे को लेनी चाहिए, उसे अकसर आदित्य ठाकरे लेते थे। उनके विभाग के तमाम फैसले आदित्य की ओर से लिये जाते और शिंदे के पास सिर्फ हस्ताक्षर के लिए फाइल भेज दी जाती। मंत्रालय से जुड़े तमाम प्रोजेक्ट्स की समीक्षा आदित्य करते थे। कुल मिलाकर आदित्य एक समांतर नगरविकास मंत्री बन गए थे और इसकी एक मिसाल थी, तिरुमल तिरुपति

शिंदे के करीबियों के मुताबिक आदित्य ठाकरे थे तो पर्यावरण और पर्यटन मंत्री, लेकिन उन्होंने शिंदे के मंत्रालय पर भी अघोषित रूप से अपना अधिकार जमा लिया था। मुंबई मेट्रोपॉलिटन डेवलपमेंट अथॉरिटी जैसे नगरविकास संस्थानों की बैठक, जो शिंदे को लेनी चाहिए, उसे अकसर आदित्य ठाकरे लेते थे। उनके विभाग के तमाम फैसले आदित्य की ओर से लिये जाते और शिंदे के पास सिर्फ हस्ताक्षर के लिए फाइल भेज दी जाती।

देवस्थान ट्रस्ट को नवी मुंबई में मंदिर बनाने के लिए जमीन दिया जाना। अप्रैल के आखिरी हफ्ते में तमाम अखबारों में तसवीरें छपीं, जिनमें आदित्य ठाकरे ट्रस्ट के अधिकारियों को कागजात सौंपते नजर आ रहे थे। तसवीर में आदित्य के साथ पार्टी के सचिव मिलिंद नार्वेकर भी मौजूद थे। इस तरह से सरकारी जमीन किसी ट्रस्ट को दिए जाने का अधिकार नगरविकास मंत्रालय का है, फिर नगरविकास मंत्री तसवीर में क्यों नहीं हैं? बताया जाता है कि जमीन देने का फैसला आदित्य की ओर से ही ले लिया गया था और फाइल शिंदे के दस्तखत के लिए भेज दी गई थी।

मई महीने में जब महानगरपालिका आयुक्त पर कोविड काल में किए गए उनके कामों पर लिखी गई पुस्तक 'इकबाल सिंह चहल : कोविड वारियर' का लोकार्पण हुआ, तब मंच पर चहल, लेखक मिन्हाज मर्चेंट, उद्धव ठाकरे, रश्मि ठाकरे और आदित्य ठाकरे मौजूद थे, लेकिन शिंदे न मंच पर दिखाई दिए और न ही हॉल में। शिंदे समर्थकों ने इसे उन्हें दरकिनार किए जाने की एक और मिसाल माना, लेकिन हकीकत कुछ अलग थी। चहल ने इस लेखक को बताया कि शिंदे को भी आमंत्रण भेजा गया था, लेकिन शहर से बाहर होने के कारण वे आए नहीं।

मई महीने में जब महानगरपालिका आयुक्त पर कोविड काल में किए गए उनके कामों पर लिखी गई पुस्तक 'इकबाल सिंह चहल : कोविड वारियर' का लोकार्पण हुआ, तब मंच पर चहल, लेखक मिन्हाज मर्चेंट, उद्धव ठाकरे, रश्मि ठाकरे और आदित्य ठाकरे मौजूद थे, लेकिन शिंदे न मंच पर दिखाई दिए और न ही हॉल में।

आदित्य ठाकरे के समर्थक मुंबई के विकास और नागरी सेवाओं से जुड़ी तमाम एजेंसियों में आदित्य ठाकरे की रुचि को जायज ठहराते हैं, क्योंकि उनकी नियुक्ति शहर के प्रभारी मंत्री के तौर पर हुई थी, लेकिन जिस

तरह से वे इन एजेंसियों के कामकाज पर हावी हुए, उसे शिंदे ने बतौर मंत्री अपने अधिकारों पर अतिक्रमण माना।

आदित्य के अलावा शिंदे एन.सी.पी. के दखल से भी बेचैन थे। उपमुख्यमंत्री अजीत पवार ने गृहनिर्माण एजेंसी सिडको के कुछ अधिकारियों के साथ बैठकें की थीं, जो शिंदे कैंप को नहीं सुहाईं।

एन.सी.पी. का दबदबा

शिंदे के पास बगावत करने की अपनी वजहें थीं, लेकिन सवाल था कि बड़ी तादाद में बाकी विधायकों ने क्यों बगावत कर दी ? इसके पीछे एक प्रमुख कारण एन.सी.पी. थी।

वैसे तो महाविकास अघाड़ी तीन पार्टियों की सरकार थी, लेकिन सरकार पर एन.सी.पी. का हावी होना सभी महसूस कर रहे थे। सियासी हलकों में खुसुर-पुसुर होती कि एन.सी.पी. प्रमुख शरद पवार ही रिमोट कंट्रोल से सरकार चला रहे हैं, भले ही मुख्यमंत्री उद्धव हों। पवार आए दिन एन.सी.पी. के मंत्रियों के साथ बैठकें लेते थे और सरकार के कामकाज की समीक्षा करते थे।

वैसे तो महाविकास अघाड़ी तीन पार्टियों की सरकार थी, लेकिन सरकार पर एन.सी.पी. का हावी होना सभी महसूस कर रहे थे। सियासी हलकों में खुसुर-पुसुर होती कि एन.सी.पी. प्रमुख शरद पवार ही रिमोट कंट्रोल से सरकार चला रहे हैं, भले ही मुख्यमंत्री उद्धव हों। पवार आए दिन एन.सी.पी. के मंत्रियों के साथ बैठकें लेते थे और सरकार के कामकाज की समीक्षा करते थे।

शिवसेना के विधायकों के बीच ऐसी भावना पैदा हो गई थी कि एन.सी.पी. सरकार का इस्तेमाल शिवसेना को खत्म करने के लिए कर रही है। 2019 के चुनाव में जिन-जिन सीटों पर शिवसेना और एन.सी.पी. के उम्मीदवारों के

बीच सीधी टक्कर थी और जहाँ शिवसेना के उम्मीदवार जीते थे, उन सीटों पर एन.सी.पी. अपने आप को मजबूत कर रही थी। वित्त मंत्रालय एन.सी.पी. के पास था और ऐसे में उन सीटों पर खूब पैसा खर्च किया जा रहा था। शिवसेना विधायकों को लगा कि कल को अगर फिर से उन्हें एन.सी.पी. के उम्मीदवारों के खिलाफ चुनाव लड़ना पड़ा तो एन.सी.पी. के उम्मीदवार उनपर भारी पड़ेंगे।

कांग्रेस का भी यही आरोप था कि अजीत पवार उनके विधायकों को विकास कार्यों के लिए फंड नहीं देते और उनकी फाइलें अटका देते हैं। साल 2020 में कांग्रेस से आनेवाले तत्कालीन ऊर्जा मंत्री नितिन राउत ने तो खत लिखकर पवार की शिकायत उद्धव ठाकरे से की थी। राउत का कहना था कि राज्य में चल रहे बिजली संकट के मद्‌देनजर उन्हें पवार के वित्त मंत्रालय से सहयोग नहीं मिल रहा।

शिवसेना विधायकों के बीच ये भावना तैयार हो गई थी कि अजीत पवार साल 2024 के विधानसभा चुनावों के लिए एन.सी.पी. को 100 सीटें जिताने के टारगेट पर काम कर रहे हैं और इसके लिए शिवसेना को कमजोर किया जा रहा है। जिन विधानसभा क्षेत्रों में शिवसेना के विधायक थे, वहाँ अगर एन.सी.पी. का कोई वरिष्ठ नेता अपने कार्यकर्ताओं की सभा लेने जाता तो कहता कि अगली बार वहाँ से एन.सी.पी. का विधायक होगा। इस तरह के बयानों ने भी शिवसेना विधायकों के बीच असंतोष पैदा किया।

कांग्रेस का भी यही आरोप था कि अजीत पवार उनके विधायकों को विकास कार्यों के लिए फंड नहीं देते और उनकी फाइलें अटका देते हैं। साल 2020 में कांग्रेस से आनेवाले तत्कालीन ऊर्जा मंत्री नितिन राउत ने तो खत लिखकर पवार की शिकायत उद्धव ठाकरे से की थी। राउत का कहना था कि राज्य में चल रहे बिजली संकट के मद्‌देनजर उन्हें पवार के वित्त मंत्रालय से सहयोग नहीं मिल रहा। उनका कहना था कि बजट के प्रावधान ऐसे किए गए

थे कि बिजली विभाग को पर्याप्त फंड नहीं मिला और राज्य की बिजली वितरण कंपनी 45 हजार करोड़ रुपए के कर्ज के बोझ से दबी है। राउत ने धमकी दी कि अगर उन्हें फंड नहीं मिला तो तमाम सरकारी विभागों की वे बिजली काट देंगे।

एन.सी.पी. की नीयत पर शक सरकार बनने के 8 महीनों के भीतर ही शिवसेना में जताया जाने लगा था। कहानी थी शिवसेना के 5 पार्षदों की, जो जुलाई 2020 के पहले हफ्ते में अपनी पार्टी छोड़कर एन.सी.पी. में चले गए थे, लेकिन उद्धव ठाकरे की नाराजगी के बाद एन.सी.पी. ने उन्हें वापस शिवसेना में भेज दिया। ये पार्षद थे महाराष्ट्र के अहमदनगर जिले की पारनेर नगर परिषद् के। एन.सी.पी. में इनके प्रवेश करते वक्त आयोजित किए गए समारोह में एन.सी.पी. के वरिष्ठ नेता और राज्य के उपमुख्यमंत्री अजीत पवार भी मौजूद थे। ये पार्षद शिवसेना के स्थानीय नेतृत्व से खफा थे और बीजेपी में शामिल होने जा रहे थे, लेकिन एन.सी.पी. ने इन्हें अपने पास बुला लिया। उद्धव ठाकरे की ओर से पार्टी के सेक्रेटरी मिलिंद नार्वेकर ने अजीत पवार से बात की और इससे पहले कि बात ज्यादा बिगड़ती, एन.सी.पी. ने पार्षदों को वापस भेजने में ही अपनी भलाई समझी।

एन.सी.पी. की नीयत पर शक सरकार बनने के 8 महीनों के भीतर ही शिवसेना में जताया जाने लगा था। कहानी थी शिवसेना के 5 पार्षदों की, जो जुलाई 2020 के पहले हफ्ते में अपनी पार्टी छोड़कर एन.सी.पी. में चले गए थे, लेकिन उद्धव ठाकरे की नाराजगी के बाद एन.सी. पी. ने उन्हें वापस शिवसेना में भेज दिया।

इससे पहले भी लॉकडाउन और मुंबई पुलिस के अफसरों के तबादलों को लेकर शिवसेना और एन.सी.पी. की ठन चुकी थी। एन.सी.पी. प्रमुख शरद पवार और उद्धव ठाकरे ने मुलाकातों के कई दौर के बाद उन मसलों को हल किया था।

केंद्रीय एजेंसियों की दबिश

सांसद संजय राउत और मंत्री अनिल परब को छोड़कर वे सभी शिवसेना नेता एकनाथ शिंदे के समर्थन में आ गए, जिनके खिलाफ प्रवर्तन निदेशालय ने मामले दर्ज किए थे और जिन्हें पूछताछ के लिए समन भेजे गए थे।

एन.सी.पी. से शिवसेना में शामिल हुए ठाणे से शिवसेना विधायक प्रताप सरनाईक पर सबसे पहले ईडी की गाज गिरी। 'मनी लॉड्रिंग' का मामला दर्ज करकें ईडी अधिकारियों ने उनके ठिकानों पर छापे मारे और उन्हें पूछताछ के लिए समन भेजा। सुप्रीम कोर्ट से राहत मिलने पर सरनाईक गिरफ्तारी से बचे।

एन.सी.पी. से शिवसेना में शामिल हुए ठाणे से शिवसेना विधायक प्रताप सरनाईक पर सबसे पहले ईडी की गाज गिरी। 'मनी लॉड्रिंग' का मामला दर्ज करके ईडी अधिकारियों ने उनके ठिकानों पर छापे मारे और उन्हें पूछताछ के लिए समन भेजा। सुप्रीम कोर्ट से राहत मिलने पर सरनाईक गिरफ्तारी से बचे।

इसी तरह से यवतमाल से शिवसेना की सांसद भावना गवली के खिलाफ भी ईडी ने 'मनी लॉड्रिंग' का मामला दर्ज किया और उन्हें समन भेजे गए। गवली के एक कार्यकर्ता को ईडी ने गिरफ्तार कर लिया और उसकी संपत्ति सील कर दी गई।

मुंबई के भायखला इलाके से विधायक यामिनी जाधव और उनके पति यशवंत जाधव, जो कि मुंबई महानगरपालिका में स्थायी समिति के प्रमुख थे, उनके घर पर इनकम टैक्स विभाग के छापे मारे गए। इनकम टैक्स विभाग का कहना था कि उनके पास भ्रष्टाचार की जानकारी आई थी और उन्हें शक था कि जाधव अपनी सही आय नहीं बता रही हैं। इनकम टैक्स विभाग की ओर से चुनाव आयोग को एक रिपोर्ट भी भेजी गई कि यामिनी जाधव को अयोग्य घोषित कर दिया जाए, क्योंकि 2019 के विधानसभा चुनाव के हलफनामे में उन्होंने झूठी जानकारी दी है।

शिवसेना के तमाम नेताओं ने ये मान लिया था कि केंद्रीय एजेंसियों की ओर से उनपर इस तरह की काररवाई बीजेपी की शह पर हो रही है, ताकि ठाकरे सरकार गिर जाए। प्रताप सरनाईक ने तो खुलेआम उद्धव ठाकरे को खत भी लिख डाला कि इस प्रताड़ना को रोकने के लिए बीजेपी के साथ हाथ मिला लेना चाहिए। जब विधायकों के एकनाथ शिंदे के साथ जाने की खबर आई तब सांसद भावना गवली ने भी एक खत उद्धव ठाकरे को लिखा कि बागी विधायकों के खिलाफ काररवाई न की जाए और उनकी बात मान ली जाए।

शिवसेना के तमाम नेताओं ने ये मान लिया था कि केंद्रीय एजेंसियों की ओर से उनपर इस तरह की काररवाई बीजेपी की शह पर हो रही है, ताकि ठाकरे सरकार गिर जाए। प्रताप सरनाईक ने तो खुलेआम उद्धव ठाकरे को खत भी लिख डाला कि इस प्रताड़ना को रोकने के लिए बीजेपी के साथ हाथ मिला लेना चाहिए।

यहाँ एक बात गौर करनेवाली है कि ईडी ने महाविकास अघाड़ी के घटक दल एन.सी.पी. से आनेवाले दो मंत्रियों को तो गिरफ्तार किया, लेकिन शिवसेना के किसी मंत्री को जेल नहीं भेजा। उनके खिलाफ सिर्फ मामले दर्ज किए गए और कई कई घंटे उनसे पूछताछ की गई। सियासी हलकों में इसका यही मतलब निकाला गया कि बीजेपी शिवसेना को सिर्फ डरा रही थी और भविष्य में दोनों के साथ आने का रास्ता उसने खुला रखा था।

उद्धव ठाकरे की अनुपलब्धता

उद्धव ठाकरे के खिलाफ सबसे गंभीर आरोपों में से एक ये था कि उनकी पार्टी के लोग ही उनका समय पाने के लिए तरसते थे। उद्धव ने अपने चंद खास लोगों की एक मंडली बना ली थी और वही मंडली उन्हें और संगठन के बाकी लोगों से दूर रखती थी। उद्धव का अपनी पार्टी के

पदाधिकारियों से मिलना–जुलना बेहद कम होता था। वे जमीनी कार्यकर्ताओं से दूर थे। दूरदराज से अगर कोई पार्टी पदाधिकारी उनसे मिलना चाहे तो उन्हें जल्दी अपॉइंटमेंट नहीं मिलता था और अगर मिलता भी तो घंटों इंतजार के बाद। ऐसा नहीं है कि उद्धव के मुख्यमंत्री बनने के बाद ऐसा हुआ। शिवसेना से बाहर जा चुके लोग बताते हैं कि जब से उन्होंने पार्टी की कमान सँभाली थी, तब से ही लोगों के लिए उनका वक्त मिलना दूभर हो गया। शिवसेना से अलग हुए पूर्व मुख्यमंत्री नारायण राणे अपनी आत्मकथा में एक किस्से का जिक्र करते हैं। साल 2005 में भंडारा के जिला शिवसेना प्रमुख शेषराव गिर्हेपुंजे 850 किमी. का फासला तय करके शिव सैनिकों के साथ उद्धव से मुलाकात करने 'मातोश्री' पहुँचे। उन्होंने पाँच घंटे तक 'मातोश्री' के बाहर इंतजार किया, जिसके बाद उन्हें अगले दिन आने को कहा गया। शेषराव अपने कार्यकर्ताओं के साथ मुंबई में ही ठहर गए और अगले दिन उद्धव से मुलाकात की उम्मीद में फिर 'मातोश्री' गए। इस बार भी उन्हें बँगले के बाहर कई घंटों का इंतजार करना पड़ा। गुस्साए शेषराव ने बँगले के एक कर्मचारी को घेरा और पूछा कि उद्धवजी ऐसे किस काम में मशगूल हैं कि अपॉइंटमेंट देने के बावजूद भी पाँच मिनट के लिए अपनी पार्टी के पदाधिकारी से नहीं मिल सकते। इस पर उस कर्मचारी ने बताया कि साहब ने लाखों की कीमत की एक मछली सिंगापुर से कुछ दिनों पहले खरीदी थी। वो मर गई। इसलिए साहब गम में हैं और अपने कमरे से बाहर नहीं आ रहे। राणे का कहना है कि वे इस बात के गवाह हैं कि उद्धव ने वो बेशकीमती मछली खरीदी थी।

शिवसेना से बाहर जा चुके लोग बताते हैं कि जब से उन्होंने पार्टी की कमान सँभाली थी, तब से ही लोगों के लिए उनका वक्त मिलना दूभर हो गया। शिवसेना से अलग हुए पूर्व मुख्यमंत्री नारायण राणे अपनी आत्मकथा में एक किस्से का जिक्र करते हैं।

राणे के मुताबिक जब उद्धव 2003 में पार्टी के कार्याध्यक्ष बने, तब बालासाहेब ने उन्हें सलाह दी थी कि वे हर मंगलवार शिवसेना भवन जाया करें और जमीनी कार्यकर्ताओं से मुलाकात करें। दो हफ्तों तक तो उद्धव ने इस निर्देश का पालन किया, लेकिन इसके बाद जाना बंद कर दिया। जब बालासाहेब ने इस बाबत उन्हें तलब किया तो उद्धव ने जवाब दिया कि दोनों ही बार जब वे शिवसेना भवन गए, तब एक ही आदमी उनके पास बार-बार अपनी शिकायत लेकर आया। इसलिए उन्हें सेना भवन जाने में कोई तुक नजर नहीं आती।

शिवसेना के 5 बार सांसद रह चुके मोहन रावले ने भी साल 2013 में एक प्रेस कॉन्फ्रेंस के दौरान उद्धव ठाकरे की अनुपलब्धता का मुद्दा उठाया। पार्टी के इतने दिग्गज नेता रावले ने सरेआम आरोप लगाया कि उन्हें 4 साल लग गए उद्धव ठाकरे से मुलाकात की खातिर समय पाने के लिए। रावले का कहना था कि बालासाहेब के वक्त में ऐसा नहीं था और वे सभी पार्टी के पदाधिकारियों के लिए सहजता से उपलब्ध रहते थे।

शिवसेना के 5 बार सांसद रह चुके मोहन रावले ने भी साल 2013 में एक प्रेस कॉन्फ्रेंस के दौरान उद्धव ठाकरे की अनुपलब्धता का मुद्दा उठाया। पार्टी के इतने दिग्गज नेता रावले ने सरेआम आरोप लगाया कि उन्हें 4 साल लग गए उद्धव ठाकरे से मुलाकात की खातिर समय पाने के लिए। रावले का कहना था कि बालासाहेब के वक्त में ऐसा नहीं था और वे सभी पार्टी के पदाधिकारियों के लिए सहजता से उपलब्ध रहते थे। उद्धव के निजी सचिव मिलिंद नार्वेकर पर भी रावले ने आरोप लगाए और कहा कि जिस तरह से नार्वेकर को उद्धव अहमियत दे रहे थे, उससे शिव सैनिकों के मन में शंका थी कि कहीं नार्वेकर ही तो पार्टी नहीं चला रहे। रावले का कहना था कि शिवसेना एजेंटों की पार्टी बन गई थी। इस प्रेस कॉन्फ्रेंस के

कुछ देर बाद ही रावले को पार्टी से निकाल बाहर किया गया।

उद्धव की अनुपलब्धता उनके मुख्यमंत्री बनने के बाद भी दिखाई दी। जुलाई 2020 में एन.सी.पी. प्रमुख शरद पवार का 'सामना' अखबार में इंटरव्यू छपा। ये इंटरव्यू अखबार के कार्यकारी संपादक संजय राउत ने लिया था। इस इंटरव्यू में भी संक्षिप्त तौर पर पवार ने उद्धव की अनुपलब्धता की बात उठाई और उद्धव को नसीहत दी कि उन्हें लोगों से मिलते-जुलते रहना चाहिए।

उद्धव की अनुपलब्धता उनके मुख्यमंत्री बनने के बाद भी दिखाई दी। जुलाई 2020 में एन.सी.पी. प्रमुख शरद पवार का 'सामना' अखबार में इंटरव्यू छपा। ये इंटरव्यू अखबार के कार्यकारी संपादक संजय राउत ने लिया था। इस इंटरव्यू में भी संक्षिप्त तौर पर पवार ने उद्धव की अनुपलब्धता की बात उठाई और उद्धव को नसीहत दी कि उन्हें लोगों से मिलते-जुलते रहना चाहिए।

लेकिन उद्धव ठाकरे पर अनुपलब्धता का आरोप, कहानी का एक ही पक्ष है। इस आरोप को लेकर उद्धव के करीबियों की अपनी दलीलें हैं। साल 2012 में खबर आई कि उद्धव को ह्रदय की बीमारी है। राजनीतिक हलकों में सभी को 16 जुलाई, 2012 की वो तसवीर याद है, जब उद्धव के चचेरे भाई और सियासी प्रतियोगी राज ठाकरे उन्हें खुद लीलावती अस्पताल से तमाम मेडिकल टेस्ट होने के बाद खुद कार चलाकर उन्हें 'मातोश्री' तक छोड़ने आए। उस सुबह अचानक उद्धव के सीने में तेज दर्द हुआ था और उन्हें साँस लेने में दिक्कत होने लगी थी। जब उद्धव को लीलावती अस्पताल पहुँचाया गया तो पीछे से बालासाहेब ने राज ठाकरे को फोन करके बुला लिया। बालासाहेब के सबसे बड़े बेटे बिंदुमाधव की एक सड़क हादसे में 20 अप्रैल, 1996 को मृत्यु हो गई थी और उनके दूसरे बेटे जयदेव अनबन के चलते बालासाहेब से अलग रहते थे। बालासाहेब की पत्नी मीनाताई का भी 1995

में आकस्मिक निधन हो गया था। बालासहब के पास सार्वजनिक जीवन में तो शिवसेना की शक्ल में एक बहुत बड़ा परिवार था, लेकिन निजी जीवन में वे अकेले पड़ते दिखाई दे रहे थे। ऐसे में अपने साथ रहनेवाले तीसरे बेटे उद्धव की सेहत ने उन्हें बेहद फिक्रमंद कर दिया। वे चाहते थे कि उद्धव का इलाज परिवार के ही किसी सदस्य की निगरानी में हो। हफ्ते भर के भीतर ही उद्धव की एंजियोप्लास्टी की गई और उनके दिल में आठ स्टेंट डाले गए। उस ऑपरेशन के बाद से उद्धव अपनी सेहत को लेकर बेहद सचेत रहने लगे।

शिवसेना के प्रवक्ता उद्धव की अनुपलब्धता का उनकी तबीयत का हवाला देकर बचाव करते हैं। उनकी नवंबर 2021 में रीढ़ की हड्डी के ऊपरी हिस्से की दो बार सर्जरी भी हुई। इसके अलावा कोरोना के कारण भी उन्हें लोगों से मिलना-जुलना कम रखना पड़ा। पार्टी के प्रवक्ता आनंद दुबे ने इस लेखक को बताया—"यह बात सही है कि उद्धवजी अपने कार्यकाल में ज्यादा लोगों से नहीं मिल पाए। उनके सत्ता सँभालने के कुछ दिनों बाद ही कोरोना महामारी आ गई और 22 मार्च से लॉकडाउन लग गया। लोग अपने पड़ोसियों तक से नहीं मिल रहे थे, उद्धवजी लोगों से कैसे मिलते ? वे 24 घंटे महामारी का असर कम करने को लेकर अधिकारियों के साथ बैठक इत्यादि में व्यस्त रहते थे। उसके बाद वे बीमार पड़ गए। 15 दिन अस्पताल में बिताने पड़े, फिर उन्हें डॉक्टरों ने बेड रेस्ट की सलाह

यह बात सही है कि उद्धवजी अपने कार्यकाल में ज्यादा लोगों से नहीं मिल पाए। उनके सत्ता सँभालने के कुछ दिनों बाद ही कोरोना महामारी आ गई और 22 मार्च से लॉकडाउन लग गया। लोग अपने पड़ोसियों तक से नहीं मिल रहे थे, उद्धवजी लोगों से कैसे मिलते ? वे 24 घंटे महामारी का असर कम करने को लेकर अधिकारियों के साथ बैठक इत्यादि में व्यस्त रहते थे।

दी पर उन्होंने काम नहीं रुकने दिया। वीडियो कॉन्फ्रेंसिंग के जरिए वे काम करते रहते थे। फेसबुक लाइव के जरिए वे जनता से भी जुड़ते थे। इनकी अनुपलब्धता बगावत का कोई कारण नहीं हो सकती।"

कैसे हो शिंदे साहब? सब ठीक तो है?

8 मार्च, 2022 की तारीख थी। प्रधानमंत्री नरेंद्र मोदी पुणे मेट्रो का उद्घाटन करने आए थे। इस मौके पर मुख्यमंत्री उद्धव ठाकरे तो गैर-हाजिर रहे, लेकिन राज्यपाल भगतसिंह कोश्यारी, उपमुख्यमंत्री अजीत पवार, उद्योग मंत्री सुभाष देसाई, नगर विकास मंत्री एकनाथ शिंदे, पुणे के मेयर मुरलीधर मोहोल और पिंपरी-चिंचवड की मेयर माई ढोरे मौजूद थे।

8 मार्च, 2022 की तारीख थी। प्रधानमंत्री नरेंद्र मोदी पुणे मेट्रो का उद्घाटन करने आए थे। इस मौके पर मुख्यमंत्री उद्धव ठाकरे तो गैर-हाजिर रहे, लेकिन राज्यपाल भगतसिंह कोश्यारी, उपमुख्यमंत्री अजीत पवार, उद्योग मंत्री सुभाष देसाई, नगर विकास मंत्री एकनाथ शिंदे, पुणे के मेयर मुरलीधर मोहोल और पिंपरी-चिंचवड की मेयर माई ढोरे मौजूद थे। कार्यक्रम की शुरुआत से पहले मोदी एक-एक करके इन सभी से मिले, जो कि एक-दूसरे के अगल-बगल में खड़े थे। जब मोदी एकनाथ शिंदे के पास पहुँचे तो उनकी आँखों में देखकर मुसकराते हुए पूछा—

"कैसे हो शिंदे साहब ? सब ठीक तो है न ?"

"हाँ, मोदीजी ! सब ठीक है।" शिंदे ने जवाब दिया।

इसके बाद मोदी आगे बढ़ गए, लेकिन शिंदे के मन में एक भावना पैदा कर गए। 'कैसे हो शिंदे साहब ?' मोदी के ये शब्द बार-बार उनके जेहन में गूँज रहे थे। शिंदे ने वहाँ मौजूद अपने एक साथी से कहा कि देखो, हमारी पार्टी में हमें इतनी इज्जत नहीं मिलती, लेकिन उस पार्टी का नेता, जिसे हमारी

पार्टी हर वक्त गरियाती रहती है, वो हमारे साथ कितने सम्मान से पेश आ रहा है। मोदी से सम्मान मिलने पर शिंदे गद्गद तो थे ही, लेकिन उन्हें इस बात का मलाल भी था कि शिवसेना में उन्हें उनके राजनीतिक कद के मुताबिक सम्मान नहीं मिल रहा था।

उद्धव और उनके करीबियों के साथ शिंदे के रिश्तों की गरमाहट वक्त के साथ लगातार कम होती जा रही थी। विशेषकर, 10 जून को जब राज्यसभा चुनाव के नतीजे आने पर शिवसेना के दूसरे उम्मीदवार संजय पवार की हार हुई तो दबे मुँह उनपर शक जताया जा रहा था। 15 जून को शिंदे, आदित्य ठाकरे के साथ अयोध्या दौरे पर गए। वहाँ से वापस लौटने के बाद 20 जून को होनेवाले विधान परिषद् चुनाव की रणनीति पर चर्चा करने के लिए शिंदे उद्धव के सरकारी निवास 'वर्षा' पर पहुँचे। 'वर्षा' पर जाकर उन्हें पता चला कि बँगले के भीतर उद्धव सांसद विनायक राउत, अनिल देसाई और मंत्री अनिल परब के साथ चुनावी रणनीति पर बैठक कर रहे हैं। शिंदे ने अपने आने का संदेश भिजवाया, लेकिन उन्हें बैठक में नहीं बुलाया गया। शिंदे करीब एक घंटे तक इंतजार करते रहे। घंटे भर बाद जब बैठक खत्म हुई तो सभी वहाँ से चले गए। शिंदे को लगा कि अब उद्धव उनसे मिलेंगे, लेकिन उद्धव मीटिंग हॉल से सीधे अपने कमरे में चले गए और शिंदे को बताया गया कि उद्धव अब नहीं मिलनेवाले। शिंदे के लिए ये अपमान की पराकाष्ठा थी। वे जहर का घूँट पीकर 'वर्षा' से अपने बँगले 'नंदनवन' चले

उद्धव और उनके करीबियों के साथ शिंदे के रिश्तों की गरमाहट वक्त के साथ लगातार कम होती जा रही थी। विशेषकर, 10 जून को जब राज्यसभा चुनाव के नतीजे आने पर शिवसेना के दूसरे उम्मीदवार संजय पवार की हार हुई तो दबे मुँह उनपर शक जताया जा रहा था। 15 जून को शिंदे, आदित्य ठाकरे के साथ अयोध्या दौरे पर गए।

गए। 'नंदनवन' पर उन्हें मिलने कुछ मंत्री आए हुए थे, जिनसे शिंदे ने उद्धव के अपमानजक बरताव की बात बताई। इन मंत्रियों के साथ भी उद्धव का सलूक कोई ज्यादा सम्मानजनक नहीं था। उन्होंने शिंदे से सहानुभूति जताई और तय हुआ कि अब और ज्यादा अपमान बर्दाश्त नहीं किया जाएगा। पानी सिर के ऊपर जा चुका है।

इसके बाद शिंदे ने अपने मोबाइल फोन से एक नंबर डायल किया। ये नंबर था पूर्व मुख्यमंत्री और बीजेपी नेता देवेंद्र फडणवीस का।

□

6

ऑपरेशन लोटस

ऑपरेशन लोटस, ये दो शब्द भारतीय राजनीतिक शब्दकोश का हिस्सा बन चुके हैं। जब भी बीजेपी किसी राज्य में विरोधी पार्टी या गठबंधन की सरकार को गिराने का प्रयास करती है तो सियासी गलियारों में उसे 'ऑपरेशन लोटस' कहा जाता है। लोटस, यानी कमल बीजेपी का चुनाव चिह्न है। 'ऑपरेशन लोटस' सबसे पहले साल 2008 में कर्नाटक में किया गया था, जब बीजेपी ने सरकार बनाने की खातिर विपक्ष के विधायकों में फूट डाल दी थी। वैसा ही 'ऑपरेशन लोटस' करने की तैयारी अब महाराष्ट्र में हो चुकी थी।

एकनाथ शिंदे का फोन आने के बाद देवेंद्र फडणवीस हरकत में आए। शिंदे ने उन्हें बताया था कि किस तरह से उद्धव के अपमनाजनक बरताव के कारण उनके आत्मसम्मान को ठेस पहुँची है और कैसे ठाकरे सरकार में वे खुश नहीं हैं। शिंदे ने जानकारी दी कि उन्होंने उद्धव का साथ छोड़ने का फैसला ले लिया है और बड़ी संख्या में शिवसेना विधायक भी उनके साथ आने को तैयार हैं। शिंदे का फोन आने के बाद फडणवीस तुरंत हरकत में आए। उन्होंने गृहमंत्री अमित शाह को फोन मिलाया और शिंदे की ओर से कही गई बातें उनसे साझा कीं। अमित शाह को पहले से ही अंदाजा था कि ऐसा कुछ होनेवाला है। उन्होंने कुछ दिनों पहले देवेंद्र फडणवीस से एक मुलाकात के दौरान पूछा था—

"महाराष्ट्र में अपनी सरकार आनेवाली है। आप तैयार हैं न?"

इसके बाद अमित शाह ने भी शिंदे से बात की। शिंदे को कहा गया कि अब आगे क्या करना है, उन्हें जल्द बताया जाएगा।

शिंदे की फडणवीस और शाह से बातचीत होने के बाद बीजेपी का आला नेतृत्व हरकत में आया। दूध का जला छाछ भी फूँक-फूँककर पीता है। ये तय हुआ कि इस बार बीजेपी की ओर से हड़बड़ी में कोई कदम नहीं उठाया जाएगा। बीजेपी साल 2019 में एक बार धोखा खा चुकी थी। महाराष्ट्र में चल रहे सियासी ड्रामे के बीच एन.सी.पी. के अजीत पवार अपनी पार्टी से बगावत कर ये कहते हुए बीजेपी के पास आए थे कि उनके पास सरकार को बहुमत दिलाने के लिए पर्याप्त संख्या में विधायक होंगे। पवार पर यकीन करके आनन-फानन में 23 नवंबर, 2019 की सुबह देवेंद्र फडणवीस को मुख्यमंत्री और अजीत पवार को उपमुख्यमंत्री पद की शपथ दिला दी गई, लेकिन 3 दिनों में ही वो सरकार गिर गई। जो 12 विधायक अजीत पावर के साथ आए थे, वे भी शरद पवार की इस धमकी के बाद वापस लौट गए कि उनके खिलाफ दल-बदल कानून के तहत काररवाई की जाएगी। बीजेपी उस किरकिरी को अभी भूली नहीं थी। तय हुआ कि जब तक एकनाथ शिंदे के साथ पर्याप्त संख्या में विधायक होने की पुख्ता जानकारी नहीं मिलती, तब तक बीजेपी तसवीर में नहीं आएगी, लेकिन परदे के पीछे से ऑपरेशन जारी रहेगा।

शिंदे की फडणवीस और शाह से बातचीत होने के बाद बीजेपी का आला नेतृत्व हरकत में आया। दूध का जला छाछ भी फूँक-फूँककर पीता है। ये तय हुआ कि इस बार बीजेपी की ओर से हड़बड़ी में कोई कदम नहीं उठाया जाएगा। बीजेपी साल 2019 में एक बार धोखा खा चुकी थी।

एकनाथ शिंदे को कहा गया कि उन्हें शिवसेना नेतृत्व को जरा भी भनक

नहीं लगने देनी है कि वे पार्टी से नाराज हैं और उद्धव से अलग होनेवाले हैं। उद्धव और उनके करीबियों को उनपर शक न हो, उसकी खातिर 20 जून को होनेवाले विधान परिषद् के चुनाव में शिवसेना के दोनों उम्मीदवारों को उन्हें जितवाने के लिए कहा गया। दोनों उम्मीदवारों को पर्याप्त वोट मिलने के बाद बीजेपी के पाँचवें उम्मीदवार की मदद करने के लिए उन्हें कहा गया। शिंदे ने ऐसा ही किया।

20 जून को मतदानवाले दिन उद्धव की ओर से अपने एंटी चेंबर में बैठक के लिए न बुलाए जाने से नाराज शिंदे वोटिंग की प्रकिया पूरी होने के बाद शाम 4.50 बजे मालाबार हिल में अपने सरकारी निवास 'नंदनवन' के लिए निकले। (तीसरा अध्याय देखें) 'नंदनवन' में कुछ देर रुकने के बाद वे ठाणे मेयर के बँगले पर पहुँचे। वहाँ कुछ विधायक पहले से मौजूद थे। उद्धव से अलग होने के इच्छुक बाकी विधायकों को भी भिवंडी, घोडबंदर, पालघर, तलासरी जैसी अलग-अलग जगहों पर इंतजार करने का निर्देश दिया गया। ऐसा इसलिए किया गया, ताकि शक होने पर राज्य खुफिया विभाग अगर हरकत में आए तो सभी विधायकों के मोबाइल टावर लोकेशन एकसाथ न दिखें। इसके बाद सभी रात 11.30 बजे के बाद मुंबई-अहमदाबाद हाईवे पर तलासरी में महाराष्ट्र-गुजरात सीमा की ओर आगे बढ़े। डोंबिवली के एक बीजेपी कार्यकर्ता को वाहनों का इंतजाम करने को कहा गया। बागी विधायक इंडीवियर, फोरच्यूनर और इनोवा जैसी गाड़ियों में

20 जून को मतदानवाले दिन उद्धव की ओर से अपने एंटी चेंबर में बैठक के लिए न बुलाए जाने से नाराज शिंदे वोटिंग की प्रकिया पूरी होने के बाद शाम 4.50 बजे मालाबार हिल में अपने सरकारी निवास 'नंदनवन' के लिए निकले। (तीसरा अध्याय देखें) 'नंदनवन' में कुछ देर रुकने के बाद वे ठाणे मेयर के बँगले पर पहुँचे। वहाँ कुछ विधायक पहले से मौजूद थे।

सवार होकर तलासरी में महाराष्ट्र–गुजरात सीमा तक पहुँचे। कुछ गाड़ियों पर एन.सी.पी. के चुनाव चिह्न घड़ी के स्टीकर भी लगे हुए थे। कुछेक विधायकों ने एंबुलेंस में सवार होकर बॉर्डर पार किया। जिन लोगों के पास महाराष्ट्र पुलिस की सुरक्षा थी, उन्होंने अपनी सुरक्षा पहले ही छोड़ दी। वाहनों के गुजरात सीमा में दाखिल होते ही गुजरात पुलिस ने विधायकों को अपने सुरक्षा घेरे में ले लिया। इसके बाद तलासरी से डेढ़ सौ किमी. का फासला तय करके ढाई घंटे बाद सभी सीधे सूरत के ली मेरेडियन होटल पहुँचे।

बागी शिवसेना विधायकों का सूरत पहुँचना 'ऑपरेशन लोटस' की शुरुआत थी, लेकिन इसकी तैयारी कई दिनों पहले से ही हो गई थी। ऑपरेशन में देवेंद्र फडणवीस ने अहम भूमिका निभाई थी। देवेंद्र फडणवीस ने महाविकास अघाड़ी की सरकार को गिराने के लिए वहीं पैतरा आजमाया, जो शरद पवार ने इस सरकार को बनाने के लिए ढाई साल पहले आजमाया था।

उद्धव का साथ छोड़ने की चाहत रखनेवाले सभी विधायकों को एकनाथ शिंदे अपने साथ सूरत नहीं ले गए थे। कुछ ऐसे विधायक थे, जिन्हें जान–बूझकर शिंदे ने मुंबई में ही बने रहने को कहा था, ताकि ये पता चलता रह सके कि उद्धव खेमे में क्या हलचल हो रही है।

बागी शिवसेना विधायकों का सूरत पहुँचना 'ऑपरेशन लोटस' की शुरुआत थी, लेकिन इसकी तैयारी कई दिनों पहले से ही हो गई थी। ऑपरेशन में देवेंद्र फडणवीस ने अहम भूमिका निभाई थी। देवेंद्र फडणवीस ने महाविकास अघाड़ी की सरकार को गिराने के लिए वहीं पैतरा आजमाया, जो शरद पवार ने इस सरकार को बनाने के लिए ढाई साल पहले आजमाया था। शरद पवार ने 2014 में बनी बीजेपी–शिवसेना सरकार की अंतर्कलह पर बारीकी से नजर रखी। उन्होंने देखा कि शिवसेना खुश नहीं है। बतौर मुख्यमंत्री देवेंद्र फडणवीस सरकार पर हावी थे

और शिवसेना के मंत्री अपने साथ सौतेला व्यवहार होता महसूस कर रहे थे। कुछ मंत्रियों ने इस्तीफे अपनी जेब में रखकर चलने की धमकी दी थी। उद्धव ठाकरे बार-बार गठबंधन तोड़ने की बात करते थे। सत्ता में साथ होने के बावजूद शिवसेना का मुखपत्र 'सामना' रोजाना फडणवीस और बीजेपी पर निशाना साधता था। ऐसे में पवार को 2019 के चुनाव नतीजों के बाद अपनी चाल चलने का मौका मिला। उन्होंने उद्धव को ये बात समझाई कि बीजेपी के साथ सरकार में फिर एक बार शामिल होकर जिल्लत झेलने के बजाय खुद उनकी पार्टी का मुख्यमंत्री क्यों न बनाया जाए। सरकार बनाने के लिए जो आँकड़े कम पड़ेंगे, उनकी पूर्ति के लिए कांग्रेस का समर्थन दिलाने का उन्होंने भरोसा दिलाया। पवार और उद्धव और कांग्रेस, तीनों के लिए ये फायदे का सौदा था। उद्धव को मुख्यमंत्री पद मिला और एन.सी.पी., कांग्रेस, जिन्हें विपक्ष में बैठना था, वे सरकार में आ गए।

देवेंद्र फडणवीस ने भी पवार की तरह शिवसेना के बीच मची अंतर्कलह का फायदा उठाया। 2014 में जब वे बीजेपी-शिवसेना की गठबंधन सरकार के मुख्यमंत्री थे, तब से उनके एकनाथ शिंदे के साथ अच्छे रिश्ते रहे। वे शिंदे पर भरोसा करते थे और इसकी एक मिसाल थी समृद्धि सुपर हाईवे प्रोजेक्ट उनके विभाग को दिया जाना।

देवेंद्र फडणवीस ने भी पवार की तरह शिवसेना के बीच मची अंतर्कलह का फायदा उठाया। 2014 में जब वे बीजेपी-शिवसेना की गठबंधन सरकार के मुख्यमंत्री थे, तब से उनके एकनाथ शिंदे के साथ अच्छे रिश्ते रहे। वे शिंदे पर भरोसा करते थे और इसकी एक मिसाल थी समृद्धि सुपर हाईवे प्रोजेक्ट उनके विभाग को दिया जाना। मुंबई और नागपुर के बीच 700 किमी. का ये सुपर हाईवे फडणवीस का ड्रीम प्रोजेक्ट माना जाता है। शिंदे फडणवीस सरकार में सार्वजनिक कार्य मंत्री थे, जिनके अधीन महाराष्ट्र राज्य सड़क विकास निगम आता था। फडणवीस ने

प्रोजेक्ट उस निगम को दे दिया। शुरुआत में शिवसेना इस प्रोजेक्ट का विरोध कर रही थी, लेकिन बाद में शिवसेना ने विरोध वापस ले लिया और इस सुपर हाईवे को बालासाहेब ठाकरे का नाम दिया गया। फडणवीस को पता चल रहा था कि ठाकरे सरकार में कई शिवसेना के मंत्री और विधायक खुश नहीं हैं। उन्हें इस बात की जानकारी थी कि सरकार में शामिल एन.सी.पी. दबंगई कर रही है और शिवसेना विधायक असुरक्षित महसूस कर रहे हैं। एकनाथ शिंदे से उनकी बातचीत होती रहती थी, जिसमें वे फडणवीस को बताते थे कि कैसे आदित्य उनके विभाग में दखलअंदाजी कर रहे हैं और कैसे पार्टी में उनका अपमान हो रहा था। आखिर विधानसभा चुनाव के बाद फडणवीस को मौका मिला और उन्होंने ठाकरे सरकार गिराने का ऑपरेशन शुरू कर दिया।

फडणवीस और बीजेपी का यही मानना था कि उद्धव ठाकरे ने उनसे दगा करके सत्ता उनसे छीन ली। जनमत तो उन्हीं की सरकार के पक्ष में आया था। ढाई साल हाथ से निकल गए थे, लेकिन अब बाकी के ढाई साल सत्ता में वापसी की उम्मीद एकनाथ शिंदे की बगावत से बँधी थी।

□

7

गुवाहाटी टू गोवा

सुबह सवा 6 बजे के करीब जब स्पाईसजेट के विशेष विमान ने गुवाहाटी हवाई अड्डे पर लैंड किया, तब तक उजाला हो चुका था। चूँकि गुवाहाटी भारत के पूर्वोत्तरी हिस्से में है, इसलिए यहाँ सूर्योदय कोलकाता, दिल्ली या मुंबई के मुकाबले पहले होता है। इतने वक्त तक यहाँ अच्छी-खासी धूप निकल आती है, लेकिन उस दिन आसमान में काले बादल छाए हुए थे। बीते हफ्ते भर से बारिश ने आसाम में कोहराम मचा रखा था। राज्य के तीस जिले बाढ़ की चपेट में आ गए थे और 42 लाख लोगों के उससे प्रभावित होने की आशंका थी। कुछ देर पहले ही अलग-अलग ठिकानों पर भूस्खलन से 11 लोगों की मौत हो गई थी। कई ठिकानों पर लोग फँसे हुए थे और उनके बचाव के लिए सरकार ने ऑपरेशन चला रखा था, लेकिन उस ऑपरेशन के अलावा आसाम में ही एक और ऑपरेशन की शुरुआत हो गई थी—ऑपरेशन लोटस की। सुबह पौने चार बजे सूरत हवाई अड्डे से उड़ान भरनेवाले बागी विधायकों के चेहरों पर नींद और थकान साफ झलक रही थी। रात भर में फ्लाइट के ढाई घंटे के सफर के दौरान ही उन्हें सोने को मिल पाया था। आखिर विधायकों को एक बीजेपी शासित राज्य से दूसरे बीजेपी शासित राज्य में ले जाने की जरूरत क्यों पड़ी? मुंबई में एक उद्धव समर्थक ने इस सवाल पर व्यंग्य किया—

"एकदम सिंपल है। गुजरात में दारूबंदी है, आसाम में नहीं। इस साल गुजरात में चुनाव होनेवाले हैं। बीजेपी वहाँ कोई स्कैंडल नहीं चाहती।"

सूरत से उड़ान भरने से पहले एकनाथ शिंदे ने हवाई अड्डे पर पत्रकारों से बातचीत की। शिंदे ने कहा कि जो विधायक उनके साथ हैं, वे बालासाहेब और आनंद दिघे के सिखाए हिंदुत्व पर यकीन रखते हैं। उन्होंने शिवसेना नहीं छोड़ी है और न ही छोड़ने का इरादा है।

गुवाहाटी हवाई अड्डे से बसों में भरकर विधायकों को 16 किमी. दूर रेडिसन ब्लू होटल ले जाया गया। इस बार आसाम पुलिस बसों को सुरक्षा दे रही थी। बसों के होटल पहुँचने से कुछ देर पहले ही आसाम के मुख्यमंत्री हेमंत बिस्व शर्मा का काफिला होटल से निकलता दिखाई दिया था। पत्रकारों के मन में सवाल था कि क्या मुख्यमंत्री विधायकों की खातिरदारी का जायजा लेने के लिए वहाँ पहुँचे थे? कुछ देर बाद शर्मा का बयान आया कि आसाम में पर्यटकों का स्वागत है। उनसे आसाम की अर्थव्यवस्था को मदद मिलेगी। आसाम पुलिस ने होटल की निजी सुरक्षा को हटाकर पूरी सुरक्षा व्यवस्था अपने कब्जे में ले ली और लोगों के होटल के अंदर जाने पर बंदिश लगा दी। होटल एक पुलिस छावनी में तब्दील हो चुका था।

> ***सूरत से उड़ान भरने से पहले एकनाथ शिंदे ने हवाई अड्डे पर पत्रकारों से बातचीत की। शिंदे ने कहा कि जो विधायक उनके साथ हैं, वे बालासाहेब और आनंद दिघे के सिखाए हिंदुत्व पर यकीन रखते हैं। उन्होंने शिवसेना नहीं छोड़ी है और न ही छोड़ने का इरादा है।***

उधर मुंबई में शिवसेना सांसद संजय राउत ने ये दिखाने की कोशिश की कि विधायकों के गुवाहाटी जाने को वे ज्यादा तवज्जो नहीं दे रहे। पत्रकारों से हँसते हुए उन्होंने कहा कि विधायक आसाम के काजीरंगा पर्यटन के लिए गए हैं। राउत मामले को हलका करने की कोशिश कर रहे थे, लेकिन शाम तक मामला बेहद गंभीर हो चुका था। शाम करीब साढ़े 5 बजे उद्धव ठाकरे ने फेसबुक से जनता को लाइव संबोधित करते हुए एक भावुक भाषण दिया।

पहले उन्होंने कोरोनाकाल के दौरान किए गए अपनी सरकार के कामों को याद किया, फिर कहा कि उनका इस्तीफा तैयार है। अगर कोई दूसरा शिव सैनिक सीएम बनना चाहता है तो वे तुरंत अपनी कुरसी छोड़ देंगे, लेकिन उन्हें (शिंदे को) सामने आकर बात करनी चाहिए।

फेसबुक लाइव के कुछ देर बाद ही उन्होंने अपना सरकारी निवास 'वर्षा' छोड़ दिया। एक कार में वे अकेले थे और दूसरी कार में उनकी पत्नी रश्मि और बेटे तेजस और आदित्य थे। मालाबार हिल से बांद्रा के 'मातोश्री' का ये फासला अमूमन 15 मिनट में तय हो जाता है, लेकिन इस बीच शिव सैनिकों को जानकारी पहुँचा दी गई थी और सैकड़ों की तादाद में शिव सैनिक रास्ते में जगह-जगह पर इकट्ठा हो गए। उद्धव पाँच बार अपनी कार से निकले और सड़क किनारे खड़े शिव सैनिकों का अभिवादन किया। कुछ महिला शिव सैनिक सिसकती नजर आईं। करीब एक घंटे बाद उद्धव 15 किमी. का ये फासला तय करके अपने घर पहुँचे। 'वर्षा' से निकलते वक्त वहाँ के कर्मचारियों ने उन्हें कहते सुना कि वे अब वापस वहाँ नहीं आएँगे। सियासी हलकों में उस शाम उद्धव के दिए गए भाषण और उसके बाद 'वर्षा' छोड़े जाने को बागी विधायकों को वापस बुलाने की खातिर एक आखिरी भावनात्मक अपील के तौर पर देखा गया।

फेसबुक लाइव के कुछ देर बाद ही उन्होंने अपना सरकारी निवास 'वर्षा' छोड़ दिया। एक कार में वे अकेले थे और दूसरी कार में उनकी पत्नी रश्मि और बेटे तेजस और आदित्य थे। मालाबार हिल से बांद्रा के 'मातोश्री' का ये फासला अमूमन 15 मिनट में तय हो जाता है, लेकिन इस बीच शिव सैनिकों को जानकारी पहुँचा दी गई थी...

जहाँ एक तरफ उद्धव के 'वर्षा' छोड़े जाने को भावनात्मक अपील की तरह देखा जा रहा था तो वहीं एन.सी.पी. में दबी जुबान से कुछ कॉन्स्पीरेसी

थियोरिस्ट इसपर संदेह भी जता रहे थे। एन.सी.पी. में इस बात की चर्चा थी कि आखिर सरकारी बँगला छोड़कर क्या ठाकरे ये संदेश दे रहे हैं कि वे कुरसी छोड़नेवाले हैं? ऐसा करने से पहले उन्होंने कांग्रेस और एन.सी. पी. को भरोसे में क्यों नहीं लिया? क्या ये सिर्फ शिवसेना की सरकार है? कहीं एन.सी.पी. और कांग्रेस से पीछा छुड़ाने के लिए खुद उद्धव ने तो इस साजिश को समर्थन नहीं दिया? कई तरह के आकलन थे और कई तरह के कयास।

उद्धव ने तो अपना सरकारी घर छोड़ दिया, लेकिन अगले दिन से ही बागी विधायकों के घरों और दफ्तरों पर शिव सैनिकों के हमले शुरू हो गए। मुंबई, पुणे और दूसरे ठिकानों पर बागी विधायकों के कार्यालयों पर तोड़-फोड़ की गई, उनके पुतले जलाए गए और सड़क पर लगे उनके बैनरों पर कालिख पोत दी गई।

उद्धव ने तो अपना सरकारी घर छोड़ दिया, लेकिन अगले दिन से ही बागी विधायकों के घरों और दफ्तरों पर शिव सैनिकों के हमले शुरू हो गए। मुंबई, पुणे और दूसरे ठिकानों पर बागी विधायकों के कार्यालयों पर तोड़-फोड़ की गई, उनके पुतले जलाए गए और सड़क पर लगे उनके बैनरों पर कालिख पोत दी गई। ठाणे में एकनाथ शिंदे का दबदबा होने के कारण वहाँ कुछ नहीं हुआ। बाद में सभी बागी विधायकों के परिवार को केंद्रीय पुलिस की सुरक्षा प्रदान की गई। ठाणे में एकनाथ शिंदे के घर के बाहर भी सी.आर.पी.एफ. की टीम तैनात कर दी गई।

इस बीच गुवाहाटी में मौजूद बागी विधायक बेहद तनाव में थे। सभी अपना सियासी कॅरियर दाँव पर लगाकर आए थे। सब यही सोच रहे थे कि अगर ऑपरेशन असफल रहा तो कहीं के नहीं रहेंगे। दल-बदल कानून के तहत काररवाई से बचने के लिए दो-तिहाई विधायकों की संख्या होनी जरूरी थी, यानी कि कम-से-कम 37 विधायक शिंदे के खेमे में होने चाहिए थे,

लेकिन फिलहाल 30 ही विधायक थे। विधायकों को परेशान देखकर शिंदे ने उन्हें भरोसा दिलाया कि वे चिंता न करें, जल्द ही और भी विधायक साथ आनेवाले हैं। उन्होंने कहा कि अगर ऑपरेशन सफल नहीं होता है तो मैं मर जाऊँगा, लेकिन आपको कुछ नहीं होने दूँगा। आप लोग वापस चले जाना। शिंदे ने विधायकों से कहा कि एक बड़ी राष्ट्रीय पार्टी उनके साथ खड़ी है। सभी जानते थे कि वो बड़ी राष्ट्रीय पार्टी बीजेपी थी।

शिंदे की बात सही निकली। हर दिन एक से दो और विधायक उद्धव को छोड़ उनके खेमे में शामिल होने के लिए आने लगे। जिन विधायकों को शिंदे के खेमे में शामिल होना होता, वे पहले सूरत जाते और वहाँ से विशेष विमान के जरिए गुवाहाटी पहुँचा दिए जाते। शिंदे खेमे में उस वक्त खुशी की लहर छा गई, जब सदा सरवणकर नाम के विधायक भी उद्धव का साथ छोड़कर उनके पास आ गए। सरवणकर का आना अहम इसलिए था, क्योंकि वे उस माहिम विधानसभा सीट के विधायक थे, जिसे शिवसेना का गढ़ माना जाता है। पार्टी का मुख्यालय शिवसेना भवन में भी उन्हीं के विधानसभा क्षेत्र में आता है। सरवणकर की इमेज एक बेहद कट्टर शिव सैनिक की थी, जो बालासाहेब के आदेश पर अमल करने के लिए किसी भी हद तक जा सकते थे। बताया जाता है कि जब भी कोई संगठन या विरोधी पार्टी शिवसेना भवन के बाहर किसी प्रकार का आंदोलन

शिंदे की बात सही निकली। हर दिन एक से दो और विधायक उद्धव को छोड़ उनके खेमे में शामिल होने के लिए आने लगे। जिन विधायकों को शिंदे के खेमे में शामिल होना होता, वे पहले सूरत जाते और वहाँ से विशेष विमान के जरिए गुवाहाटी पहुँचा दिए जाते। शिंदे खेमे में उस वक्त खुशी की लहर छा गई, जब सदा सरवणकर नाम के विधायक भी उद्धव का साथ छोड़कर उनके पास आ गए।

या विरोध प्रदर्शन का ऐलान करती तो सरवणकर वहाँ अपने कार्यकर्ताओं के साथ पहले ही पहुँच जाते और प्रदर्शनकारियों की पिटाई करके उन्हें भगा देते। इस बीच एक और शख्स का शिंदे कैंप से जुड़ना दिलचस्प था। यह शख्स था—रविंद्र फाटक। आपको याद होगा ये वही रविंद्र फाटक थे, जिन्हें पहले दिन ही उद्धव ने अपने सचिव मिलिंद नार्वेकर के साथ बागी विधायकों के मान-मनौवल के लिए भेजा था। अब फाटक खुद बागियों के साथ थे, हालाँकि वे विधान परिषद् के सदस्य हैं, विधानसभा के नहीं। गुरुवार, यानी कि 23 जून की दोपहर तक शिंदे खेमे के पास दल-बदल कानून से बचने के लिए जितनी संख्या चाहिए थी, उसके करीब विधायक पहुँच गए। शिंदे ने अपने साथ मौजूद कुल 42 विधायकों के साथ तसवीर जारी कर दी।

इससे पहले शिंदे के साथ गए दो विधायक वापस उद्धव ठाकरे के खेमे में लौट आए। ये विधायक थे—बालापुर के नितिन देशमुख और उस्मानाबाद के कैलाश पाटिल। कैलाश पाटिल ने बताया कि विधान परिषद् का मतदान होने के बाद उन्हें एकनाथ शिंदे के बँगले पर बुलाया गया। वहाँ से उन्हें ठाणे के महापौर बँगले पर ले जाया गया।

इससे पहले शिंदे के साथ गए दो विधायक वापस उद्धव ठाकरे के खेमे में लौट आए। ये विधायक थे—बालापुर के नितिन देशमुख और उस्मानाबाद के कैलाश पाटिल। कैलाश पाटिल ने बताया कि विधान परिषद् का मतदान होने के बाद उन्हें एकनाथ शिंदे के बँगले पर बुलाया गया। वहाँ से उन्हें ठाणे के महापौर बँगले पर ले जाया गया। महापौर बँगले पर जानकारी दी गई कि शिंदे साहब दूसरी जगह मिलेंगे। गाड़ी बदलकर वहाँ से उन्हें निकाला गया और वो गाड़ी सीधे मुंबई-अहमदाबाद हाईवे पर आ लगी। पाटिल को दाल में कुछ काला नजर आया। जब गाड़ी महाराष्ट्र-गुजरात बॉर्डर पर पहुँची तो वहाँ पुलिस की नाकाबंदी

लगी थी और ट्रैफिक जाम था। गाड़ी के ड्राइवर ने पाटिल को कहा कि पैदल चलकर बॉर्डर पार करना है। इस मौके पर पाटिल वहाँ से निकल भागे। कुछ देर पैदल चलने के बाद एक मोटरसाइकिल सवार और फिर एक ट्रक ड्राइवर से लिफ्ट माँगकर वे वापस मुंबई पहुँचे। पाटिल ने आरोप लगाया कि जिस तरह से उन्हें जबरन ले जाया जा रहा था, उसी तरह से कई अन्य विधायकों को भी ले जाया गया होगा।

पाटिल तो गुजरात बॉर्डर से ही वापस लौट आए, लेकिन नितिन देशमुख सूरत तक पहुँच गए थे। देशमुख ने बताया कि विधान परिषद् चुनाव के बाद उन्हें शिंदे के बँगले पर बुलाया गया और फिर बिना कोई कारण बताए, उन्हें और कुछ दूसरे विधायकों को एक गाड़ी में बिठाकर पालघर की दिशा में ले जाया जाने लगा। उन्हें लगा कि शायद पालघर के शिवसेना विधायक श्रीनिवास वनगा के घर जाना है। पालघर में सड़क किनारे जब एक ढाबे पर चाय पीने के लिए सभी रुके तो देशमुख को शक हुआ और उन्होंने ढाबेवाले से पूछा कि ये सड़क कहाँ जाती है? उसने बताया कि ये मुंबई–अहमदाबाद हाईवे है। इस बीच तीन मंत्री शंभुराजे देसाई, संदीपन भुमरे और अब्दुल सत्तार वहाँ पहुँचे। इसके बाद फोन पर उनकी शिंदे से कोई चर्चा हुई और उन्होंने फिर से देशमुख को वापस गाड़ी में बिठा दिया। उनके साथ सत्तार और भुमरे भी बैठ गए और गाड़ी गुजरात की दिशा में बढ़ गई। रास्ते भर दोनो मंत्री

पाटिल तो गुजरात बॉर्डर से ही वापस लौट आए, लेकिन नितिन देशमुख सूरत तक पहुँच गए थे। देशमुख ने बताया कि विधान परिषद् चुनाव के बाद उन्हें शिंदे के बँगले पर बुलाया गया और फिर बिना कोई कारण बताए, उन्हें और कुछ दूसरे विधायकों को एक गाड़ी में बिठाकर पालघर की दिशा में ले जाया जाने लगा। उन्हें लगा कि शायद पालघर के शिवसेना विधायक श्रीनिवास वनगा के घर जाना है।

लगातार किसी से फोन पर चर्चा करते रहे कि कौन साथ आया और कौन नहीं? सूरत के होटल पहुँचने के बाद देशमुख को पूरा माजरा समझ में आ गया। उन्होंने शिंदे से कहा कि वे वापस जाना चाहते हैं। शिंदे ने जवाब दिया कि वे उन्हें 10–15 मिनट में बताएँगे, लेकिन बड़ी देर तक उनके वापस जाने का इंतजाम नहीं हुआ। इसके बाद उन्होंने खुद ही वहाँ से निकल भागने की कोशिश की, लेकिन होटल के करीब ही पुलिस ने उन्हें पकड़ लिया और जबरन सरकारी अस्पताल में ले गए।

मुझे अस्पताल क्यों लाया गया है, यह बात समझ में नहीं आई। मुझे कोई बीमारी नहीं थी। हार्ट की समस्या नहीं थी, शुगर भी नहीं थी। मुझे शंका हुई। मैंने किसी भी डॉक्टर को अपना शरीर नहीं छूने दिया। मैंने उन्हें बताया कि मुझे कुछ नहीं हुआ है। मेरी जाँच की जरूरत नहीं है, लेकिन डॉक्टरों और पुलिस अधिकारियों के बीच जो बातचीत हो रही थी और उनके जो हाव-भाव थे, उनसे मुझे शक हुआ।

देशमुख के मुताबिक, “मुझे अस्पताल क्यों लाया गया है, यह बात समझ में नहीं आई। मुझे कोई बीमारी नहीं थी। हार्ट की समस्या नहीं थी, शुगर भी नहीं थी। मुझे शंका हुई। मैंने किसी भी डॉक्टर को अपना शरीर नहीं छूने दिया। मैंने उन्हें बताया कि मुझे कुछ नहीं हुआ है। मेरी जाँच की जरूरत नहीं है, लेकिन डॉक्टरों और पुलिस अधिकारियों के बीच जो बातचीत हो रही थी और उनके जो हाव-भाव थे, उनसे मुझे शक हुआ। तभी एक डॉक्टर ने कहा, ‘तुमको हार्टअटैक आया है।’

मैंने कहा, ‘अरे...मुझे कहाँ से हार्टअटैक आ गया? मैं तो एकदम तंदुरुस्त हूँ।’

उसी वक्त मुझे खयाल आया कि जरूर कुछ घातपात करने का षड्यंत्र यहाँ रचा गया है। तीन घंटे तक मैंने किसी को खुद को छूने तक नहीं दिया,

लेकिन उसके बाद किसी ने मेरी कमर पकड़ी, किसी ने हाथ पकड़े, किसी ने पैर पकड़े, किसी ने बाल पकड़े और एक जन ने जोर से मेरी बाजू में इंजेक्शन घुसेड़ दिया। उस वक्त मुझे रोना आ गया। मुझे अपनी बेटी, बेटे और पत्नी की याद आई। मुझे लगा कि अटैक का बहाना बनाकर मुझे नुकसान पहुँचाने की कोशिश की जा रही है। इसके बाद मैं बेहोश हो गया।"

देशमुख का कहना है कि होश आने के बाद उन्होंने ताकत के बजाय अक्ल का इस्तेमाल करने की सोची और तय किया कि जिस तरह से छत्रपति शिवाजी छापामार तरीके से आगरा में औरंगजेब की कैद से छूटकर वापस आए थे, वे भी वही करेंगे। इसके बाद देशमुख बिना विरोध सभी बागी विधायकों के साथ गुवाहाटी चले गए। इस बीच देशमुख के असहकार्य को देखते हुए खुद शिंदे ने ही उन्हें वापस भेज देने में भलाई समझी और चंद घंटों बाद ही एक विशेष विमान के जरिए देशमुख को नागपुर भेज दिया गया। देशमुख खेमे की ओर से यह सफाई भी दी गई कि किसी भी विधायक को जबरन साथ नहीं रखा गया है।

देशमुख का कहना है कि होश आने के बाद उन्होंने ताकत के बजाय अक्ल का इस्तेमाल करने की सोची और तय किया कि जिस तरह से छत्रपति शिवाजी छापामार तरीके से आगरा में औरंगजेब की कैद से छूटकर वापस आए थे, वे भी वही करेंगे। इसके बाद देशमुख बिना विरोध सभी बागी विधायकों के साथ गुवाहाटी चले गए।

करीब हफ्ते भर से होटल में मौजूद कई विधायकों का संपर्क अपने चुनाव क्षेत्र के कार्यकर्ताओं से भी कटा हुआ था। शिंदे ने दीपक केसरकर को अपना प्रवक्ता नियुक्त किया था, जो मीडिया से बातचीत करते थे। बाकी के विधायक अपने परिवार के अलावा किसी से संपर्क में नहीं थे। ऐसे में सांगोला विधानसभा के विधायक शहाजीबापु पाटिल ने अपने क्षेत्र का माहौल जानने

के लिए एक कार्यकर्ता को फोन लगाया। जब कार्यकर्ता ने उनसे हालचाल पूछा तो पाटिल ने कहा, "क्या झाड़ी! क्या पहाड़! क्या होटल! एकदम ओके हूँ मैं…" उनकी ये बातचीत लीक हो गई और जल्द ही सोशल मीडिया पर वायरल हो गई। इस वाक्य को लेकर कई व्यंग्यात्मक मीम बनाए गए और उनकी आवाज को रीमिक्स करके मराठी गाने भी। पाटिल के बयान से यह पता चला कि बागी विधायक बड़े ही ऐशोआराम से रह रहे थे। इस बातचीत को सुनकर शिवसेना सांसद संजय राउत भड़क गए और कहा कि गुवाहाटी का इतना बखान हो रहा है, महाराष्ट्र में सब श्मशान है क्या?

शिंदे की ओर से बगावत किए जाने के बाद से आदित्य ठाकरे और उद्धव के साथ बरकरार वरिष्ठ शिवसेना नेता जगह-जगह कार्यकर्ता सम्मेलन लेने लगे, ताकि बगावत का असर जमीनी कार्यकर्ताओं पर न पड़े। ऐसे ही एक सम्मेलन में संजय राउत ने बयान दिया कि जो चालीस लोग विधायक गुवाहाटी गए हैं, उनकी आत्मा मर गई है। गुवाहाटी से अब उनकी बॉडी (शरीर) ही वापस आएगी।

शिंदे की ओर से बगावत किए जाने के बाद से आदित्य ठाकरे और उद्धव के साथ बरकरार वरिष्ठ शिवसेना नेता जगह-जगह कार्यकर्ता सम्मेलन लेने लगे, ताकि बगावत का असर जमीनी कार्यकर्ताओं पर न पड़े। ऐसे ही एक सम्मेलन में संजय राउत ने बयान दिया कि जो चालीस लोग विधायक गुवाहाटी गए हैं, उनकी आत्मा मर गई है। गुवाहाटी से अब उनकी बॉडी (शरीर) ही वापस आएगी। उनके इस बयान से गलतफहमी पैदा हुई और इसे बागी विधायकों को राउत की धमकी के तौर पर समझा गया। इस लेखक को दिए गए एक इंटरव्यू में राउत ने कहा कि जो शिंदे शिवसेना को एन.सी.पी.-कांग्रेस का साथ छोड़कर बीजेपी के साथ जाने की बात कर रहे हैं, वही शिंदे 2014 में जब बीजेपी-शिवसेना की सरकार थी,

तब बीजेपी से अलग होने की सलाह देते थे।

गुवाहाटी के होटल में शिंदे दिन के दौरान विधायकों के साथ बैठकें करते और टी.वी. चैनलों को वीडियो कॉल के जरिए इंटरव्यू देते, लेकिन रात के वक्त जब सभी विधायक सो जाते, तब वे गुपचुप हवाई अड्डे के लिए निकलते। इधर मुंबई में देवेंद्र फडणवीस भी हूडी पहनकर घर के बाहर खड़े टी.वी. कैमरों से चेहरा बचाते हुए हवाई अड्डे के लिए निकलते। रात में किसी तीसरे शहर में शिंदे और फडणवीस की मुलाकात होती, जहाँ दोनों आगे की रणनीति पर चर्चा करते। इन मुलाकातों की तस्दीक बाद में खुद एकनाथ शिंदे ने की और देवेंद्र फडणवीस की पत्नी अमृता ने भी ए.बी.पी. न्यूज को बातचीत में बताया कि फडणवीस रात के वक्त गायब हो जाया करते थे, लेकिन शिंदे और फडणवीस की गुप्त मुलाकातें ज्यादा वक्त तक गुप्त नहीं रह सकीं। एक दिन कुछ टी.वी. चैनलों में यह खबर चल गई कि रात के वक्त फडणवीस और शिंदे की वडोदरा में मुलाकात हुई। फडणवीस मुंबई से सीधे वडोदरा जाने के बजाय चार्टर विमान से पहले इंदौर गए और फिर वहाँ से वडोदरा पहुँचे। इस मुलाकात में अमित शाह की मौजूदगी की भी खबर उड़ी।

गुवाहाटी के होटल में शिंदे दिन के दौरान विधायकों के साथ बैठकें करते और टी.वी. चैनलों को वीडियो कॉल के जरिए इंटरव्यू देते, लेकिन रात के वक्त जब सभी विधायक सो जाते, तब वे गुपचुप हवाई अड्डे के लिए निकलते। इधर मुंबई में देवेंद्र फडणवीस भी हूडी पहनकर घर के बाहर खड़े टी.वी. कैमरों से चेहरा बचाते हुए हवाई अड्डे के लिए निकलते।

इस बीच उद्धव ठाकरे के खेमे की ओर से विधानसभा के उपाध्यक्ष नरहरि झिरवाल के पास शिकायत की गई कि शिंदे खेमे में गए 16 विधायकों को दल-बदल कानून के तहत अयोग्य घोषित कर दिया जाए, क्योंकि 21-

22 जून को जब व्हिप जारी करके इन विधायकों को पार्टी की बैठक में बुलाया गया, तब ये लोग हाजिर नहीं हुए। इस पर कानूनी जानकारों के बीच एक बहस छिड़ गई कि क्या विधानसभा पटल से बाहर किसी बैठक में शामिल होने के लिए जारी की गई व्हिप पर दल-बदल कानून के तहत कारवाई हो सकती है ? इस बीच दो निर्दलीय विधायक महेश बालदी और विनोद अग्रवाल ने उपाध्यक्ष झिरवाल को खत लिखा कि वे विधायकों को अयोग्य घोषित करने की माँग पर फैसला नहीं ले सकते, क्योंकि खुद उनके खिलाफ अविश्वास प्रस्ताव लाया गया है। झिरवाल ने अपने खिलाफ लाए गए अविश्वास प्रस्ताव को तकनीकी आधार पर खारिज कर दिया और 16 बागी विधायकों के खिलाफ समन जारी कर दिया। बागियों को सोमवार 27 जून की शाम तक इस बात का जवाब देने को कहा गया कि उन्हें अयोग्य क्यों न घोषित किया जाए ?

इस समन को बागियों ने सुप्रीम कोर्ट में चुनौती दी। उन्हें कानूनी मदद उपलब्ध कराने के लिए बीजेपी ने अपने रणनीतिकार आशीष कुलकर्णी को उनके साथ लगा रखा था। अपने सियासी कॅरियर में तीन पार्टियाँ बदल चुके कुलकर्णी महाराष्ट्र बीजेपी के उपाध्यक्ष थे। उनके बारे में यह मशहूर था कि वे जिस भी पार्टी में जाते हैं, उस पार्टी के किसी प्रभावशाली शख्स के खासमखास बन जाते हैं।

इस समन को बागियों ने सुप्रीम कोर्ट में चुनौती दी। उन्हें कानूनी मदद उपलब्ध कराने के लिए बीजेपी ने अपने रणनीतिकार आशीष कुलकर्णी को उनके साथ लगा रखा था। अपने सियासी कॅरियर में तीन पार्टियाँ बदल चुके कुलकर्णी महाराष्ट्र बीजेपी के उपाध्यक्ष थे। उनके बारे में यह मशहूर था कि वे जिस भी पार्टी में जाते हैं, उस पार्टी के किसी प्रभावशाली शख्स के खासमखास बन जाते हैं। 90 के दशक में जब वे शिवसेना में थे, तब

वे पार्टी सुप्रीमो बालासाहेब ठाकरे के खास बन गए थे। इतने खास कि जब ठाकरे ने 1999 में तत्कालीन मुख्यमंत्री मनोहर जोशी को राज्यपाल का अपना इस्तीफा सौंपने को कहा तो उनके आदेश का खत मुख्यमंत्री निवास 'वर्षा' पर कुलकर्णी लेकर गए। जब उद्धव के हाथों शिवसेना की बागडोर आई तो कुलकर्णी की उनसे नहीं बनी। साल 2003 में वे कांग्रेस में शामिल हो गए। कांग्रेस में भी वे जल्द ही सोनिया गांधी के राजनीतिक सलाहकार अहमद पटेल के करीबी बन गए। साल 2017 में उन्होंने कांग्रेस छोड़ दी और फिर कुछ सालों बाद बीजेपी से जुड़ गए। जल्द ही उन्होंने फडणवीस की कोर टीम में अपनी जगह बना ली। 2022 के राज्यसभा चुनाव की रणनीति बनाने की जिम्मेदारी फडणवीस ने कुलकर्णी को ही सौंपी। अब गुवाहाटी में मौजूद बागी विधायकों की कानूनी लड़ाई के लिए वकीलों का संयोजन और अदालती कागजात तैयार करने का काम उन्हीं के जिम्मे था।

सुप्रीम कोर्ट ने बागियों को राहत देते हुए जवाब देने की तारीख 12 जुलाई कर दी और एक दिन पहले, यानी कि 11 जुलाई को अगली सुनवाई रख दी और साथ ही यह सवाल भी उठाया कि क्या विधानसभा उपाध्यक्ष खुद अपने खिलाफ अविश्वास प्रस्ताव पर फैसला ले सकते हैं?

सुप्रीम कोर्ट ने बागियों को राहत देते हुए जवाब देने की तारीख 12 जुलाई कर दी और एक दिन पहले, यानी कि 11 जुलाई को अगली सुनवाई रख दी और साथ ही यह सवाल भी उठाया कि क्या विधानसभा उपाध्यक्ष खुद अपने खिलाफ अविश्वास प्रस्ताव पर फैसला ले सकते हैं?

सुप्रीम कोर्ट की सुनवाई खत्म होते ही बीजेपी में हलचल होनी शुरू हो गई। 28 जून की रात देवेंद्र फडणवीस राज्यपाल भगत सिंह कोश्यारी से मिलने राजभवन पहुँचे। उन्होंने कोश्यारी को कहा कि राज्य की ठाकरे सरकार ने बहुमत खो दिया है, क्योंकि सरकार को समर्थन करनेवाले कई

शिवसेना विधायक और निर्दलियों ने सरकार के प्रति अविश्वास जताया है। ऐसे में मुख्यमंत्री उद्धव ठाकरे को बहुमत साबित करने के लिए कहा जाए।

इसके बाद विधायकों को गुवाहाटी से गोवा ले जाने की तैयारी की जाने लगी। गुवाहाटी में लगातार मौसम खराब बना हुआ था। अगर राज्यपाल बहुमत साबित करने के लिए कहते और विमानों की आवाजाही मौसम के कारण प्रभावित होती तो विधायकों को मुंबई पहुंचाना मुश्किल हो जाता। गोवा से मुंबई की हवाई दूरी महज 50 मिनट की है। ऐसे में विधायकों को गोवा ले जाने का फैसला किया गया ताकि बहुमत साबित करने की तारीख का ऐलान होते ही उन्हें तुरंत मुंबई पहुँचाया जा सके।

□

8

बहुमत दिखाओ

29 जून की सुबह से ही राजभवन के सामने पत्रकारों की भीड़ थी। राज्यपाल का विधान भवन के सचिवालय को लिखा गया एक खत लीक हो गया था, जिसमें यह निर्देश दिया गया था कि 30 जून को सुबह 11 बजे विधानसभा में उद्धव ठाकरे के बहुमत परीक्षण की तैयारी की जाए और पूरी प्रक्रिया को लाइव दिखाया जाए। राज्यपाल ने बहुमत साबित करने के आदेश के पीछे मीडिया में छपी उन खबरों का हवाला दिया, जिनसे यह जानकारी मिल रही थी कि शिवसेना के 39 विधायक मुंबई से बाहर हैं और सरकार को समर्थन नहीं दे रहे। उन्होंने खत में संजय राउत के कुछ आक्रामक बयानों और बागी विधायकों के घर और दफ्तरों पर हो रहे हमलों का भी जिक्र किया।

भारतीय संविधान के मुताबिक जो भी शख्स मुख्यमंत्री के पद पर विराजमान है, उसे विधानमंडल के किसी भी एक सदन का सदस्य होना जरूरी है। इसके अलावा उसके पास विधानसभा का विश्वास होना चाहिए। इस बात की जाँच के लिए उस शख्स को मुख्यमंत्री पद की कुरसी सँभालने के बाद जल्द-से-जल्द सदन में विश्वास मत पारित करवाना होता है। विश्वास मत पारित होने के लिए सदन में कुल सीटों (मतों) की आधी संख्या से एक मत ज्यादा होना चाहिए, यानी उसके पास बहुमत होना चाहिए। मुख्यमंत्री के कार्यकाल के दौरान एक तय अवधि के बाद अगर राज्यपाल को लगता है कि मुख्यमंत्री ने विधानसभा में बहुमत खो दिया है तो वे मुख्यमंत्री को बहुमत साबित करने का आदेश दे सकते हैं।

महाराष्ट्र विधानसभा में कुल 288 सीटें हैं, जिसका मतलब ये है कि जो भी शख्स मुख्यमंत्री बनता है, उसके पास कम-से-कम 145 (जिसे जादुई आँकड़ा भी कहा जाता है) विधायकों का समर्थन होना चाहिए, अगर विश्वास प्रस्ताव पर मतदान के दौरान कुछ विधायक गैरहाजिर रहते हैं या मतदान में हिस्सा न लेने का फैसला करते हैं तो ये आँकड़ा 145 से भी नीचे आ सकता है। जब उद्धव ठाकरे नंवबर 2019 में मुख्यमंत्री बने थे, तब उनके पास 170 विधायकों का समर्थन था, लेकिन अब सवाल उठाया जा रहा था कि बहुमत के लिए जरूरी 145 विधायक भी उनके पास बचे हैं या नहीं?

राज्यपाल से बहुमत साबित करने के आदेश के बाद सभी उम्मीद कर रहे थे कि उद्धव इस्तीफा दे देंगे, लेकिन उन्होंने अपने हथियार नहीं डाले। उनके वकीलों ने तुरंत सुप्रीम कोर्ट की ओर दौड़ लगाई। जस्टिस सूर्यकांत और जे.डी. पारडीवाला की अवकाशकालीन बेंच के सामने सुनवाई शुरू हुई।

अदालत से आखिरी उम्मीद

राज्यपाल से बहुमत साबित करने के आदेश के बाद सभी उम्मीद कर रहे थे कि उद्धव इस्तीफा दे देंगे, लेकिन उन्होंने अपने हथियार नहीं डाले। उनके वकीलों ने तुरंत सुप्रीम कोर्ट की ओर दौड़ लगाई। जस्टिस सूर्यकांत और जे.डी. पारडीवाला की अवकाशकालीन बेंच के सामने सुनवाई शुरू हुई।

उद्धव समर्थक गुट के वकील वरिष्ठ वकील ए.एम. सिंघवी ने अदालत से कहा कि अभी 16 बागी विधायकों के अयोग्य घोषित किए जाने से मामले का निपटारा नहीं हुआ है, ऐसे में विश्वासमत परीक्षण का आदेश गलत है। उन्होंने सवाल उठाया कि कल को अगर वे 16 विधायक अयोग्य घोषित कर दिए जाते हैं तो बहुमत परीक्षण के नतीजे का क्या मतलब रह जाएगा? सिंघवी के मुताबिक बहुमत परीक्षण से उलझनवाली स्थिति पैदा होगी। राज्यपाल

पर निशाना साधते हुए उन्होंने कहा कि संविधान के मुताबिक राज्यपाल को मुख्यमंत्री की सलाह पर काम करना होता है, लेकिन इस मामले वे विपक्ष के नेता की सलाह पर काम करते नजर आ रहे थे। उनका इशारा बहुमत परीक्षण के आदेश के एक शाम पहले राज्यपाल कोश्यारी और देवेंद्र फडणवीस की मुलाकात की ओर था। सिंघवी ने सवाल उठाया कि 'सुपरसॉनिक स्पीड' से बहुमत परीक्षण करवाने की क्या जरूरत है और अगर अगले दिन बहुमत परीक्षण नहीं होता है तो क्या स्वर्ग आ गिरेगा?

सिंघवी की इन दलीलों के खिलाफ बागी विधायकों की तरफ से वरिष्ठ वकील नीरज किशन कौल ने अपने तर्क रखे। उनका कहना था कि बहुमत परीक्षण में देरी नहीं की जाने चाहिए, क्योंकि राजनीतिक जवाबदेही तय करने का यह एकमात्र तरीका है। इसी तरीके से विधायकों की खरीद-फरोख्त का घोड़ाबाजार रोका जा सकता है।

सिंघवी की इन दलीलों के खिलाफ बागी विधायकों की तरफ से वरिष्ठ वकील नीरज किशन कौल ने अपने तर्क रखे। उनका कहना था कि बहुमत परीक्षण में देरी नहीं की जाने चाहिए, क्योंकि राजनीतिक जवाबदेही तय करने का यह एकमात्र तरीका है। इसी तरीके से विधायकों की खरीद-फरोख्त का घोड़ाबाजार रोका जा सकता है। 16 विधायकों की अयोग्यता को लेकर उठाया गया सवाल बहुमत परीक्षण रोके जाने का कारण नहीं हो सकता। दोनों मुद्दे अलग-अलग हैं। उन्होंने कहा कि 39 विधायक शिवसेना नहीं छोड़ रहे हैं, बल्कि वही असली शिव सैनिक हैं। सुनवाई के दौरान राज्यपाल के वकील सोलिसिटर जनरल तुषार मेहता ने भी अपनी दलीलें रखीं।

काफी लंबी चली सुनवाई के बाद देर शाम अदालत ने अपना फैसला सुनाया। अदालत ने कहा कि सभी पक्षों की दलीलों को सुनने के बाद उन्हें

कोई कारण नजर नहीं आता कि बहुमत परीक्षण को रोका जाए। उन्होंने इस शर्त के साथ बहुमत परीक्षण की इजाजत दे दी कि उसका नतीजा सुप्रीम के समक्ष दायर की गई बागी विधायकों को अयोग्य घोषित की जानेवाली याचिका के फैसले से जुड़ा होगा। अदालत की ओर से जेल में कैद एन.सी.पी. विधायक अनिल देशमुख और नवाब मलिक को भी बहुमत परीक्षण के लिए बुलाए गए विधानसभा के विशेष सत्र में शामिल होने की इजाजत दे दी गई।

आखिरी कैबिनेट, विवादित फैसले

एक तरफ राज्यपाल ने उद्धव को बहुमत परीक्षण का आदेश दिया था और मामला अदालत की दहलीज पर था तो दूसरी तरफ उन्होंने अपनी कैबिनेट की बैठक बुलाई। आमतौर पर उद्धव वीडियो कॉल के जरिए कैबिनेट की बैठकों में शामिल होते थे, लेकिन इस बार वे खुद मंत्रालय आए। कैबिनेट में शिवसेना की तरफ से उद्धव को मिलाकर शिवसेना के कुल चार ही मंत्री थे—आदित्य, सुभाष देसाई और अनिल परब। बाकी सारे कैबिनेट मंत्री शिंदे के खेमे में शामिल हो चुके थे। इस कैबिनेट में उद्धव ठाकरे की ओर से लिये गए कुछ फैसलों ने सभी को चौंकाया। उद्धव ठाकरे ने औरंगाबाद शहर का नाम बदलकर संभाजी नगर कर दिया।

> ***एक तरफ राज्यपाल ने उद्धव को बहुमत परीक्षण का आदेश दिया था और मामला अदालत की दहलीज पर था तो दूसरी तरफ उन्होंने अपनी कैबिनेट की बैठक बुलाई। आमतौर पर उद्धव वीडियो कॉल के जरिए कैबिनेट की बैठकों में शामिल होते थे, लेकिन इस बार वे खुद मंत्रालय आए।***

मध्य महाराष्ट्र के मराठवाड़ा इलाके में बसे औरंगाबाद का ऐतिहासिक महत्त्व है। पहले इस शहर का नाम 'फतहनगर' था। मुगलों ने इस पर कब्जा करके इसका नाम 'औरंगाबाद' रख दिया। मुगल सल्तनत के दौरान

औरंगाबाद दक्खन क्षेत्र की राजधानी हुआ करता था। औरंगजेब की कब्र भी औरंगाबाद में ही है। औरंगजेब के शासनकाल का एक बड़ा हिस्सा मराठाओं से संघर्ष में गुजरा। औरंगजेब की भिड़ंत पहले मराठा राज्य के संस्थापक छत्रपति शिवाजी के साथ हुई और फिर उनके बेटे छत्रपति संभाजी के साथ। लड़ाई के दौरान छत्रपति संभाजी मुगलों की गिरफ्त में आ गए। क्रूरता से उनकी हत्या कर दी गई। शिवसेना सालों से उन्हीं का नाम इस शहर को देना चाहती थी। दरअसल, 1995 में जब शिवसेना-बीजेपी की गठबंधन सरकार पहली बार महाराष्ट्र की सत्ता में आई थी, तब मुख्यमंत्री मनोहर जोशी की कैबिनेट ने औरंगाबाद का नाम बदलकर संभाजीनगर करने का प्रस्ताव पास कर दिया था, लेकिन उस प्रस्ताव को अदालत में चुनौती दी गई। मामला पहले हाई कोर्ट में गया, फिर सुप्रीम कोर्ट में। इससे पहले कि अदालत कोई फैसला सुना पाती, महराष्ट्र में सत्ता परिवर्तन हो गया। 1999 में शिवसेना-बीजेपी की गठबंधन सरकार की जगह कांग्रेस-एन.सी.पी. की सरकार आ गई। मुख्यमंत्री विलासराव देशमुख ने अदालत में सरकार का पक्ष बदल दिया और नामांतरण नहीं हो पाया।

कांग्रेस के लिए नामांतरण का विरोध करना मजबूरी है। औरंगाबाद में बड़े पैमाने पर मुसलिम रहते हैं और यहाँ असदउद्दीन ओवैसी की पार्टी एम.आई.एम. ने अपना दबदबा बना लिया है। यहाँ के सांसद इम्तियाज जलील एम.आई.एम. से ही हैं। अपने अल्पसंख्यक वोट बैंक बचाने की कोशिश में कांग्रेस हमेशा नामांतरण का विरोध करती आई थी।

कांग्रेस के लिए नामांतरण का विरोध करना मजबूरी है। औरंगाबाद में बड़े पैमाने पर मुसलिम रहते हैं और यहाँ असदउद्दीन ओवैसी की पार्टी एम.आई.एम. ने अपना दबदबा बना लिया है। यहाँ के सांसद इम्तियाज जलील एम.आई.एम. से ही हैं। अपने अल्पसंख्यक वोट बैंक बचाने की

कोशिश में कांग्रेस हमेशा नामांतरण का विरोध करती आई थी। जब तीन पार्टियों की महाविकास अघाड़ी की सरकार बनी तब ये तय हुआ था कि संवेदनशील मुद्दो को नहीं छुआ जाएगा, लेकिन अब अपनी सरकार को खतरे में पड़ा देख ठाकरे ने उस समझौते को अनदेखा कर यह विवादित फैसला ले लिया। दरअसल औरंगाबाद का नामांतरण करके उद्धव उन लोगों को जवाब देना चाहते थे, जिनका आरोप था कि शिवसेना हिंदुत्व से विमुख हो गई है। औरंगाबाद के नामकरण का मसला हिंदुत्व से जोड़कर देखा जाता रहा है। औरंगाबाद के साथ-साथ उन्होंने पड़ोसी शहर उस्मानाबाद का भी नाम बदलकर धाराशिव कर दिया।

नवी मुंबई के नवनिर्मित अंतरराष्ट्रीय हवाई अड्डे के नामकरण को लेकर भी विवाद चल रहा था। शिवसेना उसे बालासाहेब ठाकरे का नाम देना चाहती थी, लेकिन स्थानीय संगठनों की माँग इलाके के दिवंगत समाजसेवी डी.बी. पाटिल का नाम देने की थी। आखिर उद्धव ने फैसला किया कि हवाई अड्डे को पाटिल का ही नाम दिया जाएगा।

नवी मुंबई के नवनिर्मित अंतरराष्ट्रीय हवाई अड्डे के नामकरण को लेकर भी विवाद चल रहा था। शिवसेना उसे बालासाहेब ठाकरे का नाम देना चाहती थी, लेकिन स्थानीय संगठनों की माँग इलाके के दिवंगत समाजसेवी डी.बी. पाटिल का नाम देने की थी। आखिर उद्धव ने फैसला किया कि हवाई अड्डे को पाटिल का ही नाम दिया जाएगा।

कैबिनेट की बैठक से उठते हुए उद्धव ने सभी को जता दिया कि ये उनकी आखिरी कैबिनेट हो सकती है। जाते-जाते उन्होंने एन.सी.पी. और कांग्रेस के मंत्रियों से अपनी पार्टी के लोगों की ओर से की गई 'दगाबाजी' के लिए माफी माँगी और उनके सहयोग के लिए धन्यवाद दिया, हालाँकि कांग्रेसी मंत्री औरंगाबाद के नामकरण के फैसले से स्तब्ध थे।

भावुक भाषण के बाद उद्धव का इस्तीफा

सुप्रीम कोर्ट के फैसले के कुछ देर बाद उद्धव ठाकरे ने रात साढ़े 9 बजे फिर एक बार जनता को फेसबुक लाइव के जरिए संबोधित किया और एक भावुक भाषण दिया, जैसा कि सभी उम्मीद कर रहे थे, उन्होंने मुख्यमंत्री पद से इस्तीफा देने का ऐलान तो किया ही, साथ-साथ विधान परिषद् की सदस्यता से भी इस्तीफा दे दिया।

अपने 15 मिनट लंबे भाषण में उन्होंने कहा कि मुख्यमंत्री पद छोड़ने का उन्हें कोई मलाल नहीं है। उन्होंने जो कुछ भी किया, मराठी माणूष और हिंदुत्व की खातिर किया। ठाकरे ने कहा, "हाल के वक्त में देश भर में सांप्रदायिक दंगे हुए, लेकिन आप जैसी महाराष्ट्र की समझदार जनता की वजह से राज्य में कोई दंगे नहीं हुए। सी.ए.ए. और एन.आर.सी. को लेकर भी दंगे हुए, लेकिन महाराष्ट्र में नहीं। मुसलमानों ने भी बात सुनी, इसका जिक्र करना जरूरी है।"

अपने 15 मिनट लंबे भाषण में उन्होंने कहा कि मुख्यमंत्री पद छोड़ने का उन्हें कोई मलाल नहीं है। उन्होंने जो कुछ भी किया, मराठी माणूष और हिंदुत्व की खातिर किया। ठाकरे ने कहा, "हाल के वक्त में देश भर में सांप्रदायिक दंगे हुए, लेकिन आप जैसी महाराष्ट्र की समझदार जनता की वजह से राज्य में कोई दंगे नहीं हुए। सी.ए.ए. और एन.आर.सी. को लेकर भी दंगे हुए, लेकिन महाराष्ट्र में नहीं। मुसलमानों ने भी बात सुनी, इसका जिक्र करना जरूरी है।"

एकनाथ शिंदे और उनके साथ गए विधायकों पर निशाना साधते हुए उद्धव बोले, "शिवसेना ने छोटी दुकान चलानेवालों, रिक्शा चलानेवालों को पार्षद, विधायक, सांसद और मंत्री बनाया। ये लोग अब बड़े बन गए हैं। जिन्हें पार्टी ने सबकुछ दिया, वो कह रहे हैं कि नाराज हैं और आम शिव सैनिक, जिसे कुछ नहीं मिला, वो मजबूती से पार्टी के साथ खड़ा है।"

राज्यपाल भगतसिंह कोश्यारी पर भी ठाकरे ने कटाक्ष किया, “मैं राज्यपाल को धन्यवाद देता हूँ कि उन्होंने लोकतांत्रिक मूल्यों को सर्वोपरि रखा। बहुमत परीक्षण करवाने का खत (फडणवीस की ओर से) मिलने के 24 घंटे के भीतर ही उन्होंने उसका आदेश जारी कर दिया। मैं राज्यपाल को याद दिलाना चाहता हूँ कि लोकतांत्रिक मूल्यों के प्रति ऐसा ही सम्मान उन्हें विधान परिषद् के लिए नामांकित 12 सदस्यों के नामों को स्वीकृति देकर भी दिखाना चाहिए। अगर आप जल्द-से-जल्द ऐसा करते हैं तो आपके प्रति हमारा सम्मान कायम रहेगा।”

ठाकरे ने अपने भाषण में कांग्रेस की तारीफ करते हुए कहा, “हमेशा ही यह चर्चा होती थी कि महाविकास अघाड़ी का कोई घटक दल धोखा दे सकता है, लेकिन अशोक चव्हाण ने मुझसे कहा कि अगर आपके लोग महाविकास अघाड़ी से कांग्रेस, एन.सी.पी. के कारण खफा हैं तो हम सरकार से बाहर आ सकते हैं और आपकी सरकार को बाहर से समर्थन दे सकते हैं।”

ठाकरे ने अपने भाषण में कांग्रेस की तारीफ करते हुए कहा, “हमेशा ही यह चर्चा होती थी कि महाविकास अघाड़ी का कोई घटक दल धोखा दे सकता है, लेकिन अशोक चव्हाण ने मुझसे कहा कि अगर आपके लोग महाविकास अघाड़ी से कांग्रेस, एन.सी.पी. के कारण खफा हैं तो हम सरकार से बाहर आ सकते हैं और आपकी सरकार को बाहर से समर्थन दे सकते हैं।”

भाषण के दौरान उद्धव ने अपने दिवंगत पिता बालासाहेब ठाकरे का जिक्र किया, “वे (बीजेपी) इस बात का जश्न मना रहे हैं कि उन्होंने बालासाहेब ठाकरे के बेटे को सी.एम. की कुरसी से बेदखल कर दिया और शिवसेना से सत्ता छीन ली। हम उनसे ये खुशी नहीं छीनेंगे। मैं शिव सैनिकों से अपील करता हूँ कि उनके रास्ते में न आएँ।”

संवैधानिक व्यवस्था के मुताबिक मुख्यमंत्री के इस्तीफे का मतलब पूरे मंत्रिमंडल का इस्तीफा होता है। उद्धव भाषण खत्म करने के करीब घंटे भर बाद बेटे आदित्य के साथ राजभवन पहुँचे और राज्यपाल कोश्यारी को इस्तीफा सौंप दिया।

उद्धव के इस्तीफा देते ही बीजेपी कार्यकर्ताओं और बागी विधायकों के बीच खुशी की लहर छा गई, जो कि गुवाहाटी से गोवा पहुँच चुके थे। विधायकों को पंजिम के ताज कन्वेंशन होटल में ठहराया गया था। गुवाहाटी से निकलने से पहले सभी विधायकों ने कामाख्या देवी के दर्शन किए थे।

> *उद्धव के इस्तीफा देते ही बीजेपी कार्यकर्ताओं और बागी विधायकों के बीच खुशी की लहर छा गई, जो कि गुवाहाटी से गोवा पहुँच चुके थे। विधायकों को पंजिम के ताज कन्वेंशन होटल में ठहराया गया था। गुवाहाटी से निकलने से पहले सभी विधायकों ने कामाख्या देवी के दर्शन किए थे।*

शरद पवार ने किया था आगाह

उद्धव ठाकरे के इस्तीफे के साथ ही 31 महीने पुरानी महाविकास अघाड़ी सरकार का अंत हो गया। सियासी गलियारों में ये चर्चा थी कि शरद पवार को इस बात का आभास करीब 4 से 5 महीने पहले ही हो गया था कि सरकार को खतरा है। पवार ने उद्धव को चेतावनी दी थी कि शिवसेना में और महाविकास अघाड़ी में असंतोष बढ़ रहा है। उन्होंने उद्धव को सलाह दी कि वे अपनी पार्टी के नेताओं और महाविकास अघाड़ी के घटक दलों के नेताओं से मिलना-जुलना शुरू करें, नहीं तो जल्द ही उन्हें बगावत झेलनी पड़ सकती है। बताते हैं कि उद्धव ने उनकी सलाह पर ज्यादा ध्यान नहीं दिया।

पवार के पास गठबंधन के छोटे घटक दलों की ओर से भी शिकायतें आ रही थी कि वे ठाकरे से मुलाकात नहीं कर पा रहे। उनमें ये भावना पनप

रही थी कि सरकार को उनकी जरूरत नहीं है। प्रमुख घटक दल कांग्रेस की तरफ से पार्टी आलाकमान को शिकायत की गई थी कि मुख्यमंत्री कार्यालय से उनके मंत्रियों को अपॉइंटमेंट नहीं मिल रहा। कई परियोजनाओं में सी.एम. की मध्यस्थता जरूरी थी, लेकिन सी.एम. उपलब्ध नहीं रहते थे। कांग्रेस को इस बात का भी मलाल था कि सरकार बड़े फैसले लेते वक्त उससे चर्चा नहीं करती थी।

शरद पवार इस बात से भी खफा थे कि इतने सारे मंत्री और विधायक जब एकसाथ राज्य से निकल गए तो महाराष्ट्र पुलिस के खुफिया तंत्र को पता कैसे नहीं चला ? गृहविभाग एन.सी.पी. के पास ही था और दिलीप वलसे पाटिल गृहमंत्री थे, जिन्हें पवार की नाराजगी झेलनी पड़ी। नियमों के मुताबिक किसी मंत्री की सुरक्षा में तैनात पुलिसकर्मियों को अपने वरिष्ठों को जानकारी देनी होती है, अगर मंत्री किसी और राज्य में जा रहा हो। चूँकि पुलिसकर्मियों के पास हथियार होते हैं, इसलिए ये जरूरी हो जाता है कि वे वरिष्ठों को इस बात की जानकारी दें, ताकि दूसरे राज्य में उन्हें किसी दिक्कत का सामना न करना पड़े। आमतौर पर राज्य खुफिया विभाग की राजनीतिक इकाई राजनेताओं की गतिविधियों पर नजर रखती है, लेकिन इस बगावत की उसे भी वक्त रहते खबर नहीं लग पाई। एन.सी.पी. नेताओं का मानना है कि अगर वक्त पर जानकारी मिल जाती तो इस बगावत को रोका जा सकता था और शिंदे के खेमे में जा रहे मंत्रियों और विधायकों को रोका जा सकता था। दूसरी तरफ शिंदे खेमे का कहना था कि ऐसा सोचना

शरद पवार इस बात से भी खफा थे कि इतने सारे मंत्री और विधायक जब एकसाथ राज्य से निकल गए तो महाराष्ट्र पुलिस के खुफिया तंत्र को पता कैसे नहीं चला ? गृहविभाग एन.सी.पी. के पास ही था और दिलीप वलसे पाटिल गृहमंत्री थे, जिन्हें पवार की नाराजगी झेलनी पड़ी।

गलत है। शुरुआत में 30 विधायकों के जाने के बाद जब सबको बगावत के बारे में पता चल गया, तब भी रोजाना 2 से 3 विधायक लगातार शिंदे के खेमे में शामिल हो रहे थे। ऐसे में बगावत की जानकारी होने के बावजूद भी उन्हें क्यों नहीं रोका जा सका? यहाँ ये भी गौर करनेवाली बात है कि महाराष्ट्र छोड़ने से पहले बागी विधायकों ने महाराष्ट्र पुलिस की सुरक्षा छोड़ दी थी।

□

9

परदे के पीछे का गणित

उद्धव ठाकरे के इस्तीफे के तुरंत बाद से ही देवेंद्र फडणवीस के मोबाइल फोन पर एस.एम.एस. और व्हाट्सएप संदेशों की बाढ़ आ गई। ऑपरेशन लोटस की कामयाबी के बाद सभी ये मानकर चल रहे थे कि फडणवीस के दोबारा मुख्यमंत्री बनने का रास्ता साफ हो गया है। पत्रकार और पार्टी के नेतागण उन्हें बधाइयाँ दे रहे थे, लेकिन फडणवीस ने किसी भी संदेश का जवाब नहीं दिया। आमतौर पर वे चुनिंदा पत्रकारों के संदेश का तुरंत जवाब देते हैं, लेकिन उनके संदेशों का भी इस बार जवाब नहीं दिया। ए.बी.पी. न्यूज संवाददाता रौनक कुकड़े ने ये जानने के लिए उन्हें फोन किया कि वे सरकार बनाने का दावा करने कब जा रहे हैं और शपथविधि किस तारीख को होगी? फडणवीस ने तब रौनक को बताया, "अभी रुको! तुम्हारे लिए सरप्राइज है। बहुत खबरें मिलनेवाली हैं तुमको।"

रौनक सोच में पड़ गया कि फडणवीस किस 'सरप्राइज' की बात कर रहे हैं। सस्पेंस का खुलासा अगले दिन यानी 30 जून की शाम साढ़े 4 बजे हो गया, जब फडणवीस ने एकनाथ शिंदे को मुख्यमंत्री बनाने का ऐलान किया और कहा कि वे सरकार से बाहर रहेंगे, लेकिन जो फडणवीस एक दिन पहले रौनक को सरप्राइज देने की बात कह रहे थे, खुद उन्हें नहीं पता था कि उनकी पार्टी भी उन्हें एक सरप्राइज देनेवाली है। यह सरप्राइज उन्हें मिला करीब साढ़े 6 बजे, जब पार्टी की ओर से उन्हें उपमुख्यमंत्री पद की शपथ लेने को कहा गया। पार्टी के इस फैसले ने उन्हें असहज कर दिया, लेकिन नरेंद्र मोदी और

अमित शाह के समझाने के बाद वे शपथ लेने के लिए तैयार हो गए।

चाणक्य के विचारों के मुरीद अमित शाह को लंबे वक्त से जाननेवाले लोग बताते हैं कि गोपनीयता उनकी काम करने की शैली का हिस्सा है। वे संगठन में हर किसी को 'नीड टू नो बेसिस' पर जानकारी देते हैं, यानी जिसके लिए जिस वक्त जितना जानना जरूरी है, उसे उस वक्त उतना ही बताया जाएगा। एक कदम के बाद अगला कदम क्या होगा, इसकी जानकारी तभी दी जाती है, जब अगला कदम उठाने का समय आ चुका हो। उनके निर्देश पर काम करनेवाले अकसर इस सस्पेंस में रहते हैं कि किसी अमुक निर्देश पर अमल करने से क्या हासिल होनेवाला है। बीजेपी के अंदरखाने यही माना जा रहा था कि फडणवीस के भविष्य को लेकर भी शाह ने जरूर कुछ सोच रखा होगा, लेकिन उसका खुलासा तब ही होगा, जब खुद शाह चाहेंगे।

चाणक्य के विचारों के मुरीद अमित शाह को लंबे वक्त से जाननेवाले लोग बताते हैं कि गोपनीयता उनकी काम करने की शैली का हिस्सा है। वे संगठन में हर किसी को 'नीड टू नो बेसिस' पर जानकारी देते हैं, यानी जिसके लिए जिस वक्त जितना जानना जरूरी है, उसे उस वक्त उतना ही बताया जाएगा।

बीजेपी की ओर से लिये गए हर बड़े फैसले के पीछे अमित शाह की भूमिका मानी जाती है। साल 2014 में जब नरेंद्र मोदी प्रधानमंत्री बने तो उसके बाद अमित शाह को बीजेपी अध्यक्ष बनाया गया। मोदी जब गुजरात के मुख्यमंत्री थे, तभी से ही शाह उनके खास आदमी रहे। उनकी कैबिनेट में शाह गृहराज्यमंत्री थे। राज्य में अंडरवर्ल्ड के खिलाफ चलाई गई आक्रामक मुहिम के लिए शाह को श्रेय दिया जाता है, हालाँकि उस मुहिम के दौरान वे गंभीर विवादों में भी फँसे और उनपर आपराधिक मामले भी दर्ज हुए। अदालती आदेश के कारण उन्हें काफी वक्त तक गुजरात के बाहर रहना

पड़ा। शाह को न केवल मोदी का संकटमोचक कहा जाता है, बल्कि मोदी के राजनीतिक प्रवास को सफल बनाने में उनका अहम योगदान रहा है। पार्टी अध्यक्ष बनने के बाद शाह ने अपना ध्यान पार्टी के विस्तार पर केंद्रित करना शुरू किया और एक के बाद तमाम राज्यों में बीजेपी की सरकारें आनी शुरू हो गईं, उन राज्यों में भी जहाँ चुनाव नतीजों में बीजेपी सबसे बड़ी पार्टी बनकर नहीं उभरी थी। 2019 के लोकसभा चुनाव में भी बीजेपी उनके नेतृत्व में 2014 के मुकाबले ज्यादा मजबूत होकर उभरी। मोदी सरकार के दूसरे कार्यकाल में उन्हें गृहमंत्री बनाया गया। बतौर गृहमंत्री अमित शाह ने कई बड़े फैसले लिये, जिनमें सबसे बड़ा फैसला था जम्मू-कश्मीर से अनुच्छेद 370 का हटाया जाना और उसे दो केंद्र शासित प्रदेशों में विभाजित किया जाना। जनवरी 2020 में शाह की जगह बीजेपी के राष्ट्रीय अध्यक्ष जगत प्रकाश नड्डा बन गए, लेकिन इसके बावजूद शाह पार्टी के मुख्य रणनीतिकार बने रहे। महाराष्ट्र में बीजेपी की सत्ता स्थापना की रणनीति भी उन्हीं ने बनाई थी।

उस शाम अपने सरकारी निवास से तैयार होकर एकनाथ शिंदे जब राजभवन की ओर शपथ लेने के लिए निकलने लगे तो उन्हें अमित शाह का फोन आया। शाह ने उन्हें बधाई दी और कहा, "शिंदेजी, हम लोग तो पुराने मित्र हैं। शिवसेना-भाजपा का गठबंधन तो पहले से है। आप चिंता मत करो। आपके पीछे हम चट्टान की तरह खड़े हैं।"

उस शाम अपने सरकारी निवास से तैयार होकर एकनाथ शिंदे जब राजभवन की ओर शपथ लेने के लिए निकलने लगे तो उन्हें अमित शाह का फोन आया। शाह ने उन्हें बधाई दी और कहा, "शिंदेजी, हम लोग तो पुराने मित्र हैं। शिवसेना-भाजपा का गठबंधन तो पहले से है। आप चिंता मत करो। आपके पीछे हम चट्टान की तरह खड़े हैं।"

प्रधानमंत्री नरेंद्र मोदी ने भी उन्हें फोन करके बधाई दी

"एकनाथजी, अच्छा काम करो। इस राज्य को प्रगति पथ पर ले जाओ। आपको किसी भी चीज की कमी हम होने नहीं देंगे।"

शपथ समारोह के बाद सियासी गलियारों में सभी उस शाम मिले। दोनों 'सरप्राइज' के पीछे की कहानी ढूँढ़ने में लग गए।

शिंदे को क्यों मिला मुख्यमंत्री पद ?

महज 50 विधायक साथ होने के बावजूद 106 विधायकोंवाली बीजेपी ने एकनाथ शिंदे को मुख्यमंत्री पद क्यों दिया ? इस सवाल का जवाब हासिल करने के लिए हाल के वक्त में महाराष्ट्र के बाहर अपनाई गई बीजेपी की रणनीति पर गौर करना होगा। ज्यादातर बीजेपी शासित राज्यों में बीजेपी की रणनीति रही है कि उस राज्य की सबसे ज्यादा प्रभुत्ववाली जातियों में से ही निकले किसी शख्स को मुख्यमंत्री या पार्टी की राज्य इकाई का प्रमुख बनाया जाए। गुजरात में सितंबर 2021 में जब विजय रूपाणी को हटाकर भूपेंद्र पटेल को मुख्यमंत्री बनाया गया तो उसके पीछे पार्टी की यही नीति मानी गई। रूपाणी गुजरात के पहले जैन मुख्यमंत्री थे, लेकिन राज्य में वर्चस्व पाटीदार समुदाय का था। पाँच साल पहले तक बीजेपी राज्यों के मुख्यमंत्री नियुक्त करते वक्त उनकी जाति पर

महज 50 विधायक साथ होने के बावजूद 106 विधायकोंवाली बीजेपी ने एकनाथ शिंदे को मुख्यमंत्री पद क्यों दिया ? इस सवाल का जवाब हासिल करने के लिए हाल के वक्त में महाराष्ट्र के बाहर अपनाई गई बीजेपी की रणनीति पर गौर करना होगा। ज्यादातर बीजेपी शासित राज्यों में बीजेपी की रणनीति रही है कि उस राज्य की सबसे ज्यादा प्रभुत्ववाली जातियों में से ही निकले किसी शख्स को मुख्यमंत्री या पार्टी की राज्य इकाई का प्रमुख बनाया जाए।

ध्यान नहीं देती थी, लेकिन बाद में रणनीति बदल गई। रूपाणी राज्य में कोविड–19 महामारी का सामना कर पाने में कमजोर नजर आए। 2022 के आखिर में गुजरात विधानसभा के चुनाव होने थे। ऐसे में बीजेपी प्रधानमंत्री नरेंद्र मोदी और गृहमंत्री अमित शाह के गृहराज्य में जोखिम नहीं उठा सकती थी। इसलिए रूपाणी को हटाकर भूपेंद्र पटेल को मुख्यमंत्री बना दिया गया, जो कि पाटीदार समुदाय से आते हैं।

कर्नाटक में भी बीजेपी लिंगायतों की नाराजगी वहन नहीं कर सकती। इसलिए जब पार्टी ने बुजुर्ग हो चुके बी.एस. येदियुरप्पा, जो कि लिंगायत समुदाय से आते हैं, उन्हें पद छोड़ने को कहा तो उनकी जगह एक दूसरे लिंगायत नेता बसवराज बोम्मई को मुख्यमंत्री बनाया। इसी तरह से उत्तराखंड में वर्चस्व रखनेवाली राजपूत जाति के पुष्कर सिंह धामी को बीजेपी ने मुख्यमंत्री बनाया।

कर्नाटक में भी बीजेपी लिंगायतों की नाराजगी वहन नहीं कर सकती। इसलिए जब पार्टी ने बुजुर्ग हो चुके बी.एस. येदियुरप्पा, जो कि लिंगायत समुदाय से आते हैं, उन्हें पद छोड़ने को कहा तो उनकी जगह एक दूसरे लिंगायत नेता बसवराज बोम्मई को मुख्यमंत्री बनाया। इसी तरह से उत्तराखंड में वर्चस्व रखनेवाली राजपूत जाति के पुष्कर सिंह धामी को बीजेपी ने मुख्यमंत्री बनाया।

महाराष्ट्र में मराठा समुदाय का वर्चस्व रहा है। राज्य के ज्यादातर मुख्यमंत्री मराठा जाति से ही आए हैं। साल 2014 में जब बीजेपी की महाराष्ट्र में सरकार बनी तब पार्टी ने देवेंद्र फडणवीस के रूप में एक ब्राह्मण को मुख्यमंत्री बनाकर सबको चौंका दिया। फडणवीस के कार्यकाल के दौरान मराठा आरक्षण की माँग को लेकर हिंसक आंदोलन हुए और कुछ लोगों की जान गई। ऐसे में ये तय हुआ कि बीजेपी अब राज्य में किसी मराठा को ही मुख्यमंत्री बनाएगी। एकनाथ शिंदे मराठा जाति से आते हैं और राज्य के

कई हिस्सों में उनका प्रभाव है। ऐसा नहीं है कि बीजेपी के पास मराठा चेहरे नहीं हैं। चंद्रकांत पाटिल, आशीष शेलार और विनोद तावड़े जैसे मराठा नेता बीजेपी के पास जरूर हैं, लेकिन पार्टी के आला नेतृत्व की नजर में इनका प्रभाव सीमित है और ये शिंदे जैसे बड़े जनाधारवाले नेता नहीं हैं। शिंदे के पास जाति भी है, पैसा लाने की क्षमता भी है और जनाधार भी है। सियासी हलकों में ये भी संभावनाएँ जताई जाने लगीं कि आगे चलकर शिंदे बीजेपी में भी शामिल हो सकते हैं।

फडणवीस उपमुख्यमंत्री क्यों?

एकनाथ शिंदे को बीजेपी ने मुख्यमंत्री तो बना दिया, लेकिन सभी के मन में सवाल था कि फडणवीस जैसे कद्दावर नेता उनके नीचे उपमुख्यमंत्री क्यों बना दिए गए? इसके पीछे पार्टी की ये रणनीति थी कि भले ही शिंदे मुख्यमंत्री रहेंगे, लेकिन सरकार की कमान फडणवीस के हाथों में होगी। फडणवीस के पास सरकार चलाने का पाँच साल का अनुभव है और ब्यूरोक्रेसी पर उनकी अच्छी पकड़ है। महाराष्ट्र में कई ऐसे मौके आए हैं, जब समझा गया कि मुख्यमंत्री पद पर कोई विराजमान होता है और सत्ता कोई दूसरा शख्स चलाता है। 1995 में मुख्यमंत्री मनोहर जोशी थे, लेकिन सरकार बालासाहेब ठाकरे की मर्जी से चलती थी। 1999 में नारायण राणे मुख्यमंत्री बने, लेकिन सत्ता का रिमोट बालासाहेब ठाकरे के हाथों में रहा। इसी तरह से जब 2019 में महाविकास अघाड़ी की सरकार बनी तो सियासी हलकों में यही चर्चा

एकनाथ शिंदे को बीजेपी ने मुख्यमंत्री तो बना दिया, लेकिन सभी के मन में सवाल था कि फडणवीस जैसे कद्दावर नेता उनके नीचे उपमुख्यमंत्री क्यों बना दिए गए? इसके पीछे पार्टी की ये रणनीति थी कि भले ही शिंदे मुख्यमंत्री रहेंगे, लेकिन सरकार की कमान फडणवीस के हाथों में होगी। फडणवीस के पास सरकार चलाने का पाँच साल का अनुभव है और ब्यूरोक्रेसी पर उनकी अच्छी पकड़ है।

होती कि सरकार शरद पवार चला रहे थे।

जहाँ तक देवेंद्र फडणवीस के 'डिमोशन' का सवाल है तो महाराष्ट्र में कई ऐसे मौके आए हैं जब मुख्यमंत्री के पद पर रहे शख्स को बाद में किसी अन्य मुख्यमंत्री के अधीन काम करना पड़ा हो, जैसे नारायण राणे और अशोक चव्हाण।

एक तीर से कई निशाने

जहाँ तक देवेंद्र फडणवीस के 'डिमोशन' का सवाल है तो महाराष्ट्र में कई ऐसे मौके आए हैं जब मुख्यमंत्री के पद पर रहे शख्स को बाद में किसी अन्य मुख्यमंत्री के अधीन काम करना पड़ा हो, जैसे नारायण राणे और अशोक चव्हाण।

शिवसेना में बगावत करवाकर और शिंदे को मुख्यमंत्री बनाकर बीजेपी ने एक तीर से कई निशाने लगाए हैं। बीजेपी के लिए सबसे बड़ी उपलब्धि ये रही कि वो फिर एक बार सत्ता में आ गई। दूसरी उपलब्धि ये रही कि उसने महाराष्ट्र की एक बड़ी पार्टी शिवसेना को दो फाड़ कर दिया। इसके अलावा शिंदे को मुख्यमंत्री बनाकर जनता के बीच ये संदेश भी दे दिया कि पार्टी को पद का लालच नहीं है, लेकिन सबसे बड़ी बात कि बीजेपी ने 2024 के लोकसभा चुनाव में सफलता पाने के लिए इस बगावत के जरिए पहला कदम उठाया। उत्तर प्रदेश के बाद सबसे ज्यादा लोकसभा सीटें, यानी 48 महाराष्ट्र से ही आती हैं। ऐसे में केंद्र में बीजेपी सरकार की वापसी के लिए महाराष्ट्र में मजबूत रहना जरूरी है। बीजेपी का टारगेट है कि 2024 के चुनाव में उसे 48 में से कम-से-कम 40 सीटें हासिल हों।

शिवसेना को दो फाड़ करके बीजेपी को कितना फायदा मिलता है, इसका ट्रेलर 2022 के आखिर में होने जा रहे मुंबई महानगरपालिका के चुनाव में भी देखने को मिलेगा। मुंबई महानगरपालिका देश की सबसे बड़ी

महानगरपालिका है, जिसका बजट कई छोटे राज्यों के बजट से भी बड़ा होता है। 3 दशकों से इस महानगरपालिका पर शिवसेना की सत्ता रही है, जिसमें कई साल बीजेपी भी उसकी पार्टनर रही। साल 2017 में दोनों पार्टियों ने अलग-अलग चुनाव लड़ा था। नतीजों के आने पर बीजेपी सिर्फ 2 सीटें ही पीछे थी। बीजेपी एम.एन.एस. के सात विधायकों के समर्थन से अपने मेयर बना सकती थी, लेकिन साल 2019 के लोकसभा और विधानसभा चुनाव शिवसेना के साथ गठबंधन करके लड़ने हैं, ये सोचकर देवेंद्र फडणवीस ने मेयर की कुरसी शिवसेना के लिए छोड़ दी।

महाविकास अघाड़ी सरकार को गिरवाकर बीजेपी ने गैर-बीजेपी पार्टियों के एक साथ आने के पैटर्न को भी असफल करार दे दिया। महाराष्ट्र में अघाड़ी सरकार बनने के बाद चर्चा थी कि ऐसे ही पैटर्न पर दूसरे राज्यों और केंद्रीय स्तर पर भी बीजेपी विरोधी मोर्चा बनाया जा सकता है।

महाविकास अघाड़ी सरकार को गिरवाकर बीजेपी ने गैर-बीजेपी पार्टियों के एक साथ आने के पैटर्न को भी असफल करार दे दिया। महाराष्ट्र में अघाड़ी सरकार बनने के बाद चर्चा थी कि ऐसे ही पैटर्न पर दूसरे राज्यों और केंद्रीय स्तर पर भी बीजेपी विरोधी मोर्चा बनाया जा सकता है।

यह शरद पवार की उस छवि पर भी हमला था कि वे देश के सबसे तीक्ष्ण बुद्धि के राजनेता हैं। समझा जाता है कि अस्सी साल की उम्र में भी उनका दिमाग 25 साल के नौजवान जैसा चलता है। सियासी दाँवपेच में उन्हें मात देना आसान नहीं समझा जाता और उनके बारे में ये मशहूर है कि वे हर हाल में अपने आप को या अपनी पार्टी को सत्तासीन रखने में कामयाब होते हैं।

बीजेपी का प्लान बी-एन.सी.पी. के साथ सरकार?

अगर एकनाथ शिंदे की बगावत असफल हो जाती तो महाराष्ट्र में सत्ता

स्थापना के लिए एक प्लान बी भी तैयार था, ऐसी जानकारी कुछ राजनीतिक पत्रकारों के कान में पड़ी। ये प्लान बी था एन.सी.पी. के साथ सरकार बनाने का। शिंदे के साथ बात न बनने पर 15 जुलाई तक एन.सी.पी. के समर्थन से सरकार बनाने की तैयारी भी थी। बताया जाता है कि इसके लिए एन.सी.पी. का राज्य स्तर का एक दिग्गज नेता और एक सांसद बीजेपी के केंद्रीय नेतृत्व के संपर्क में थे। जिस रात शिंदे बागी विधायकों को साथ लेकर सूरत पहुँच रहे थे, उस रात इन दोनों लोगों की बातचीत बीजेपी के एक बड़े नेता से हो रही थी। चूँकि सरकार शिंदे–फडणवीस की बन गई और एन.सी.पी. और बीजेपी के बीच कथित बातचीत की किसी भी पक्ष ने आधिकारिक पुष्टि नहीं की, इसलिए इसे अफवाह ही माना गया।

वैसे 2014 से 2022 के बीच महाराष्ट्र में इतना कुछ अजब–गजब हो चुका है कि किसी की कल्पना की कोई भी उड़ान कभी भी सच साबित हो सकती है। विचारधारा, तर्क, आम धारणा, निष्ठा इत्यादि जैसे शब्दों के लिए अब राज्य की सियासत में जगह नहीं बची है।

□

10

नई सरकार, नई शिवसेना, नए ठाकरे

जैसे 'जिसकी लाठी उसकी भैंस', वैसे 'जिसकी सरकार उसकी पुलिस'। राजभवन में शपथ लेने के तुरंत बाद एकनाथ शिंदे और देवेंद्र फडणवीस मंत्रालय पहुँचे। तुरंत ही प्रशासन को अपने नियंत्रण में लेना उनके लिए जरूरी था। गोवा में मौजूद बागी विधायकों को मुंबई लाए जाते वक्त शिव सैनिकों की ओर से राज्य में उपद्रव की आशंका बनी हुई थी। ऐसे में पुलिस को दिशा-निर्देश दिए जाने जरूरी थे। सुप्रीम कोर्ट से अपेक्षित राहत न मिल पाने पर उद्धव ठाकरे ने इस्तीफा दे दिया था और उनकी ओर से बहुमत साबित करने का मुद्दा खत्म हो गया, लेकिन अब नए मुख्यमंत्री शिंदे को विधानसभा में बहुमत साबित करना था। इसके लिए एक विशेष सत्र बुलाया गया और तारीख मुकर्रर की गई 3 और 4 जुलाई।

गोवा में मौजूद बागी विधायकों को विशेष विमान से मुंबई लाया गया। उन्हें लाने के लिए शिंदे खुद गोवा पहुँचे। मुंबई हवाई अड्डे पर विधायकों का ढोल-ताशों के साथ स्वागत हुआ। कड़ी सुरक्षा के बीच बसों में सभी विधायकों को दक्षिण मुंबई के 'ताज विवांता' होटल पहुँचाया गया।

शिंदे की पहली जीत

शिंदे-फडणवीस सरकार के लिए पहली चुनौती थी विधानसभा स्पीकर पद के लिए अपना उम्मीदवार चुनवाना। इस गठबंधन की ओर से उम्मीदवार बनाया गया 'राहुल नार्वेकर' को। नार्वेकर मुंबई की कोलाबा विधानसभा सीट

से बीजेपी के विधायक थे। उनके सियासी कॅरियर की शुरुआत शिवसेना से हुई थी, लेकिन 2014 के चुनाव में जब पार्टी ने उन्हें लोकसभा चुनाव का टिकट नहीं दिया तो वे एन.सी.पी. से जुड़ गए और मावल सीट से चुनाव लड़ा। मावल सीट से हार के बाद नार्वेकर बीजेपी में शामिल गए।

स्पीकर के चुनाव में उनका मुकाबला शिवसेना के राजन साल्वी से हुआ। मतदान में उन्हें 164 वोट मिले, जिनमें शिंदे खेमे के 39 और 13 निर्दलीय विधायकों के वोट शामिल थे। साल्वी को 107 वोट मिले, जिनमें कांग्रेस, एन.सी.पी. और शिवसेना के बचे हुए 16 विधायकों के वोट शामिल थे।

स्पीकर के चुनाव में उनका मुकाबला शिवसेना के राजन साल्वी से हुआ। मतदान में उन्हें 164 वोट मिले, जिनमें शिंदे खेमे के 39 और 13 निर्दलीय विधायकों के वोट शामिल थे। साल्वी को 107 वोट मिले, जिनमें कांग्रेस, एन.सी.पी. और शिवसेना के बचे हुए 16 विधायकों के वोट शामिल थे। महाविकास अघाड़ी को सरकार बनते वक्त समर्थन देनेवाले समाजवादी पार्टी के दोनों विधायकों ने मतदान में हिस्सा नहीं लिया। इस तरह से 45 साल के राहुल नार्वेकर विधानसभा के सबसे कम उम्र के स्पीकर चुन लिये गए।

नार्वेकर का स्पीकर बनना शिंदे कैंप की उद्धव के खिलाफ पहली जीत थी। विधानसभा के पटल पर कई अहम फैसले लेने का अधिकार स्पीकर का होता है। ऐसे में इस पद पर अपना आदमी होना शिंदे-बीजेपी गठबंधन के लिए जरूरी था। (वैसे स्पीकर का पद दलीय राजनीति से परे माना जाता है। स्पीकर की हैसियत किसी पार्टी के सदस्य की नहीं, बल्कि सदन के मुखिया की होती है। वो तब ही मतदान करता है, जब किसी मुद्दे पर हुए मतदान में दो पक्षों के वोट बराबर पड़े हों। ऐसे में उसकी भूमिका 'टाईब्रेकर' की होती है।) नार्वेकर ने स्पीकर का पद सँभालते ही ठाकरे खेमे को झटके देने

शुरू कर दिए। उन्होंने ठाकरे खेमे के प्रमुख व्हिप के तौर पर सुनील प्रभु की नियुक्ति को खारिज कर दिया। व्हिप की विधानसभा में किसी पार्टी के लिए वही हैसियत होती है, जो किसी स्कूल में हेडमास्टर की, जिसका आदेश न मानने पर सजा मिलती है। व्हिप अपनी पार्टी की ओर से सदन में पार्टी के सभी विधायकों के लिए आदेश जारी करता है कि अमुक विषय के समर्थन में वोट डालना है या विरोध में। अगर किसी ने व्हिप के आदेश का उल्लंघन किया तो पार्टी उसके खिलाफ दंडात्मक काररवाई कर सकती है और विधानसभा से उसकी सदस्यता तक खत्म हो सकती है। इसके लिए व्हिप आदेश न माननेवाले विधायक की शिकायत स्पीकर के पास करता है।

व्हिप के अलावा उद्धव गुट के विधायक दल के नेता के तौर पर अजय चौधरी की नियुक्ति भी स्पीकर ने खारिज कर दी। इसी के साथ एकनाथ शिंदे को शिवसेना के विधायक दल के नेता के तौर पर मान्यता दे दी, जिन्हें कि उद्धव ठाकरे ने बगावत की खबर आते ही उस पद से हटा दिया था। शिंदे गुट के व्हिप भरत गोगावले बने।

व्हिप के अलावा उद्धव गुट के विधायक दल के नेता के तौर पर अजय चौधरी की नियुक्ति भी स्पीकर ने खारिज कर दी। इसी के साथ एकनाथ शिंदे को शिवसेना के विधायक दल के नेता के तौर पर मान्यता दे दी, जिन्हें कि उद्धव ठाकरे ने बगावत की खबर आते ही उस पद से हटा दिया था। शिंदे गुट के व्हिप भरत गोगावले बने।

शिंदे को मिला विश्वास

4 जुलाई की सुबह 11 बजे विधानसभा में कामकाज शुरू हुआ। पहले एकनाथ शिंदे सरकार के विश्वास प्रस्ताव पर ध्वनिमत से मतदान हुआ, लेकिन माँग की गई कि वोटों का विभाजन होना चाहिए। इस पर स्पीकर

नार्वेकर ने मतों की गिनती का आदेश दिया। विश्वास प्रस्ताव का समर्थन करनेवालों को अपने दाहिनी ओर बैठने के लिए कहा और विरोध करनेवालों को बाईं ओर। स्पीकर ने सदन के सभी दरवाजे बंद करने का आदेश दिया। इसके बाद समर्थन और विरोध करनेवाले विधायकों की गिनती शुरू हुई। शिंदे सरकार के समर्थन में 164 वोट पड़े (ये संख्या 165 हो जाती, लेकिन बीजेपी विधायक नार्वेकर स्पीकर बन गए थे, इसलिए उन्होंने वोट नहीं किया।) जबकि विरोध में 99 वोट। समाजवादी पार्टी के 2 और ए.आई.एम.आई.एम. के 1 विधायक ने मतदान में हिस्सा नहीं लिया। शिंदे सरकार ने विश्वास मत जीत लिया।

मतदान के दौरान मराठवाड़ा से शिवसेना विधायक संतोष बांगर ने सभी को चौंका दिया। बांगर एक दिन पहले तक उद्धव ठाकरे के वफादार विधायकों के खेमे में थे, लेकिन मतदान करते वक्त उन्होंने शिंदे सरकार के समर्थन में वोट दे दिया। शिंदे खेमे में खुशी की लहर छा गई। अब शिंदे के पास 40 बागी विधायक आ चुके थे। उद्धव के पास उनके बेटे आदित्य समेत अब सिर्फ 15 विधायक ही रह गए।

मतदान के दौरान मराठवाड़ा से शिवसेना विधायक संतोष बांगर ने सभी को चौंका दिया। बांगर एक दिन पहले तक उद्धव ठाकरे के वफादार विधायकों के खेमे में थे, लेकिन मतदान करते वक्त उन्होंने शिंदे सरकार के समर्थन में वोट दे दिया। शिंदे खेमे में खुशी की लहर छा गई। अब शिंदे के पास 40 बागी विधायक आ चुके थे। उद्धव के पास उनके बेटे आदित्य समेत अब सिर्फ 15 विधायक ही रह गए।

शिंदे खेमे के व्हिप गोगावले की ओर से सभी शिवसेना विधायकों के लिए विश्वास प्रस्ताव के पक्ष में मतदान करने का व्हिप जारी किया गया था। चूँकि उद्धव गुट के 15 विधायकों ने प्रस्ताव के विरोध में मतदान किया था,

इसलिए उनके खिलाफ स्पीकर के पास काररवाई की खातिर शिकायत करने का फैसला लिया गया, लेकिन शिकायत सिर्फ 14 विधायकों के खिलाफ की गई। ऐन वक्त पर बालासाहेब के प्रति सम्मान के तौर पर आदित्य ठाकरे के खिलाफ शिकायत नहीं किया जाना तय हुआ। सियासी हलकों में इसे शिंदे और ठाकरे के बीच बातचीत की गुंजाइश रखने के इरादे से उठाए गए कदम के तौर पर देखा गया। सियासी पंडित ये भी आंकलन कर रहे थे कि अगर आदित्य समेत सभी 15 विधायकों की व्हिप की शिकायत पर विधानसभा से सदस्यता खत्म हो जाती है तो उनकी सीटों पर उपचुनाव होंगे। ऐसे में ठाकरे खेमे को सहानुभूति के वोट मिल सकते हैं।

विश्वास प्रस्ताव पर मतदान के दौरान 20 विधायक गैरहाजिर थे, लेकिन जिस बात ने सभी को चौंकाया, वो थी 11 कांग्रेस विधायकों की नामौजूदगी। कांग्रेस के वरिष्ठ नेता और महाविकास अघाड़ी सरकार में मंत्री रहे अशोक चव्हाण और विजय वडेट्टिवार भी मतदान में शामिल नहीं हुए। इसके पीछे कारण बताया गया, उनका देरी से पहुँचना।

विश्वास प्रस्ताव पर मतदान के दौरान 20 विधायक गैरहाजिर थे, लेकिन जिस बात ने सभी को चौंकाया, वो थी 11 कांग्रेस विधायकों की नामौजूदगी। कांग्रेस के वरिष्ठ नेता और महाविकास अघाड़ी सरकार में मंत्री रहे अशोक चव्हाण और विजय वडेट्टिवार भी मतदान में शामिल नहीं हुए। इसके पीछे कारण बताया गया, उनका देरी से पहुँचना। जब तक वे विधान भवन पहुँचे, तब तक सदन के दरवाजे स्पीकर के आदेश पर अंदर से बंद हो चुके थे और वोटों की गिनती शुरू हो चुकी थी। चव्हाण और वडेट्टिवार के अलावा प्रणिति शिंदे, जितेश अंतापुरकर, धीरजे देशमुख, कुणाल पाटिल, राजू आवले, मोहन हमबर्डे, शिरीष चौधरी और माधवराव जवालगांवकर मतदान के दौरान हाजिर नहीं थे। तीन दिनों बाद महाराष्ट्र कांग्रेस प्रमुख नाना पटोले

दिल्ली में जाकर पार्टी अध्यक्ष सोनिया गांधी से मिले और मतदान के दौरान गैरहाजिर रहनेवाले विधायकों के खिलाफ काररवाई करने की माँग की। पार्टी आलाकमान ने वरिष्ठ कांग्रेस नेताओं की ओर से किए गए इस बरताव पर नाराजगी जताई। इस मामले की जाँच के लिए आलाकमान ने अपना प्रतिनिधि मुंबई भेजने का फैसला किया।

कांग्रेस के अलावा एन.सी.पी. के भी 6 विधायक हाजिर नहीं हुए, जिनमें अन्ना बनसोडे, संग्राम जगताप, दत्ता भरणे और बबन शिंदे थे। नवाब मलिक और अनिल देशमुख जेल में होने के कारण नहीं आए।

जब कोई बड़ा भूकंप आता है तो उसके कुछ दिनों बाद तक हलके झटके, जिन्हें अंग्रेजी में 'आफ्टरशॉक्स' कहा जाता है, आते हैं। ये आफ्टरशॉक्स भूकंप जितने गंभीर और खतरनाक नहीं होते। उद्धव ठाकरे के लिए सरकार का गिरना एक भूकंप की तरह था, लेकिन उसके बाद जो आफ्टरशॉक्स आए वो और भी बड़े भूकंप की आशंका पैदा कर रहे थे।

झटके पर झटका...

जब कोई बड़ा भूकंप आता है तो उसके कुछ दिनों बाद तक हलके झटके, जिन्हें अंग्रेजी में 'आफ्टरशॉक्स' कहा जाता है, आते हैं। ये आफ्टरशॉक्स भूकंप जितने गंभीर और खतरनाक नहीं होते। उद्धव ठाकरे के लिए सरकार का गिरना एक भूकंप की तरह था, लेकिन उसके बाद जो आफ्टरशॉक्स आए वो और भी बड़े भूकंप की आशंका पैदा कर रहे थे। सरकार तो हाथ से गई, अब पार्टी छिन जाने के भी संकेत मिलने लगे। जिस शिवसेना की बागडोर दो पीढ़ियों से ठाकरे परिवार के हाथ थी, वो अब शिंदे के हाथ लगने की आशंका पैदा हो गई।

आपात स्थिति से निपटने के लिए सामान्य तौर तरीके काम नहीं आते। ठाकरे परिवार के लिए राज्य में अचानक शुरू हुई सियासी उठा-पटक

आपातकाल थी और ऐसे में उद्धव वे सब करने लगे, जो वे सामान्य तौर पर करते दिखाई नहीं देते थे। उद्धव ठाकरे ने अब अपने कार्यकर्ताओं से मिलना-जुलना शुरू कर दिया। वे लगभग हर दिन दादर में पार्टी के मुख्यालय शिवसेना भवन जाने लगे और पार्टी के अलग-अलग ओहदों पर मौजूद पदाधिकारियों के साथ बैठकें करने लगे। कइयों को वे अपने घर 'मातोश्री' बुलाकर बैठक करते। इस बीच उन्होंने प्रेस कॉन्फ्रेंस भी लेना शुरू कर दिया, जो कि मुख्यमंत्री बनने के बाद वे न के बराबर लेते थे। बेटे आदित्य ठाकरे ने भी संघर्ष शुरू किया और शहर की तमाम शिवसेना शाखाओं में घूम-घूमकर पार्टी के कार्यकर्ताओं को संबोधित करते और पार्टी के प्रति निष्ठावान बने रहने के लिए कहते। कार्यकर्ताओं को सहेज रखने के लिए आदित्य ने एक 'शिव संवाद यात्रा' भी शुरू की, जिसके तहत तय हुआ कि वे राज्य भर का दौरा करके शिव सैनिकों को शिंदे की 'गद्दारी' के बारे में बताएँगे। ठाकरे परिवार की पूरी कोशिश थी कि पार्टी हाथ से नहीं निकलनी चाहिए।

शिंदे की बगावत के बाद उद्धव ठाकरे बदले जरूर, लेकिन काफी देर हो चुकी थी। उन्हें हर दिन कोई-न-कोई झटका लग रहा था। 7 जुलाई को खबर आई कि ठाणे महानगरपालिका के 66 पूर्व पार्षद पूर्व महापौर नरेश म्हस्के की अगुआई में शिंदे गुट शामिल हो गए हैं।

शिंदे की बगावत के बाद उद्धव ठाकरे बदले जरूर, लेकिन काफी देर हो चुकी थी। उन्हें हर दिन कोई-न-कोई झटका लग रहा था। 7 जुलाई को खबर आई कि ठाणे महानगरपालिका के 66 पूर्व पार्षद पूर्व महापौर नरेश म्हस्के की अगुआई में शिंदे गुट शामिल हो गए हैं। उद्धव खेमे के लिए यह एक बड़ा झटका था, क्योंकि ठाणे को शिवसेना का गढ़ माना जाता है और मुंबई महानगरपालिका के बाद ठाणे महानगरपालिका सबसे बड़ी मानी जाती है। अगले ही दिन, यानी कि 8 जुलाई को पड़ोसी कल्याण-डोंबिवली महानगरपालिका

के 53 में 45 पार्षद भी शिंदे के साथ हो लिये। इसी के साथ नवी मुंबई महानगरपालिका के 30 पूर्व पार्षदों की भी शिंदे खेमे में जाने की खबर आई। शिवसेना के एक और गढ़ औरंगाबाद के भी कुछ पूर्व पार्षद शिंदे से जुड़ गए।

18 जुलाई के दिन उद्धव को एक और झटका लगा, जब पार्टी के दिग्गज नेता रामदास कदम उनसे अलग हो गए। कदम 2014 में बनी बीजेपी-शिवसेना की गठबंधन सरकार में मंत्री भी थे। पार्टी छोड़ने से पहले उन्होंने उद्धव ठाकरे को एक भावनात्मक खत भी लिखा, जो कि उनकी ओर से सार्वजनिक कर दिया गया।

अब सबसे बड़ी आशंका जताई जा रही थी कि मुंबई महानगरपालिका के उद्धव के हाथ से निकलने की। बीते 3 दशकों से मुंबई महानगरपालिका पर शिवसेना का कब्जा रहा था, लेकिन यहाँ भी शिंदे गुट ने सेंध लगा दी। 12 जुलाई को शिवसेना की प्रवक्ता और पूर्व पार्षद शीतल म्हात्रे भी शिंदे खेमे में चली गईं। महानगरपालिका में शिवसेना के स्थायी समिति के अध्यक्ष यशवंत जाधन की विधायक पत्नी यामिनी जाधव, पहले ही शिंदे खेमे में शामिल हो चुकी थीं।

अलग-अलग महानगर पालिकाओं के पार्षदों के शिंदे खेमे में जाने के अलावा संगठन के अलग-अलग पदों पर मौजूद कई पदाधिकारी, जैसे—जिला प्रमुख, शहर प्रमुख, संपर्क प्रमुख वगैरह भी शिंदे गुट में शामिल होने लगे।

18 जुलाई के दिन उद्धव को एक और झटका लगा, जब पार्टी के दिग्गज नेता रामदास कदम उनसे अलग हो गए। कदम 2014 में बनी बीजेपी-शिवसेना की गठबंधन सरकार में मंत्री भी थे। पार्टी छोड़ने से पहले उन्होंने उद्धव ठाकरे को एक भावनात्मक खत भी लिखा, जो कि उनकी ओर से सार्वजनिक कर दिया गया। खत में कदम ने लिखा कि मुख्यमंत्री बनने के बाद अपनी व्यस्तता के कारण आपने कभी भी शिवसेना नेताओं को विश्वास

में लेने का काम नहीं किया। उलटा मुझे और मेरे बेटे योगेश कदम को कई बार अपमानित किया गया। विधानसभा चुनाव के पहले आपने मुझे 'मातोश्री' पर बुलाया और आदेश दिया कि अगर कोई मुझपर टीका-टिप्पणी करता है, पार्टी के बारे में बोलता है या मातोश्री के बारे में बोलता है तो मैं मीडिया के सामने बिल्कुल न जाऊँ, मीडिया के सामने कोई भी बयान न दूँ। इसके पीछे का कारण मुझे आज तक समझ में नहीं आया। बीते तीन सालों से मुंह बंद करके मैं ये सब सहन कर रहा था। जब-जब शिवसेना पर संकट आया, तब-तब मेरा संघर्ष पूरे महाराष्ट्र ने देखा और महाराष्ट्र का शिव सैनिक इसका गवाह है। 2019 में जब आप राष्ट्रवादी और कांग्रेस के साथ सरकार बना रहे थे, तब मैंने आपसे हाथ जोड़कर विनती की थी कि बालासाहेब ने जिंदगी भर राष्ट्रवादी और कांग्रेस के साथ संघर्ष किया और हिंदुत्व कायम रखा। मैंने कहा था कि उनसे गठबंधन करना बालासाहेब के विचारों का हनन होगा। उस वक्त आपने मेरी बात सुनी नहीं, इस बात का मुझे दु:ख है। शिवसेना प्रमुख होते तो आज मुझ पर ऐसा वक्त नहीं आता। इसलिए मैं 'शिवसेना नेता' पद से इस्तीफा दे रहा हूँ।

> ***जब-जब शिवसेना पर संकट आया, तब-तब मेरा संघर्ष पूरे महाराष्ट्र ने देखा और महाराष्ट्र का शिव सैनिक इसका गवाह है। 2019 में जब आप राष्ट्रवादी और कांग्रेस के साथ सरकार बना रहे थे, तब मैंने आपसे हाथ जोड़कर विनती की थी कि बालासाहेब ने जिंदगी भर राष्ट्रवादी और कांग्रेस के साथ संघर्ष किया और हिंदुत्व कायम रखा।***

रामदास कदम के इस खत के सार्वजनिक होने के कुछ देर बाद ही शिवसेना मुख्यालय से एक प्रेस नोट जारी हुआ और बताया गया कि कदम की पार्टी से 'हकालपट्टी' कर दी गई है, यानी उन्हें पार्टी से निकाल दिया गया है। खुद को पार्टी से निकाले जाने के बाद कदम ने सवाल किया कि

उद्धव किस-किस को पार्टी से निकालेंगे? उन्होंने आरोप लगाया कि शरद पवार ने शिवसेना खत्म करने की मुहिम छेड़ी हुई है।

रामदास कदम की तरह ही शिवसेना नेता और अमरावती से पूर्व सांसद आनंदराव अडसुल को भी पार्टी विरोधी गतिविधि के आरोप में निकाल दिया गया। उन्होंने भी खुद को निकाले जाने से पहले पार्टी के नेता पद से इस्तीफा दे दिया था।

राष्ट्रपति चुनाव–उद्धव के फैसले से बिफरी कांग्रेस

महाराष्ट्र में चल रही सियासी घमासान के बीच राष्ट्रपति चुनाव आ गया, जिसके लिए 18 जुलाई को मतदान होना था। एन.डी.ए. की तरफ से द्रौपदी मुर्मू को उम्मीदवार बनाया गया था, जबकि विपक्ष के साझा उम्मीदवार यशवंत सिन्हा थे। एन.डी.ए. देश के दो बड़े राजनीतिक गठबंधनों में से एक है, जिसे साल 1998 में बनाया गया था। अलग-अलग राज्यों की 27 पार्टियाँ इसकी सदस्य हैं। चूँकि उद्धव ठाकरे एन.डी.ए. विरोधी खेमे से जुड़े थे, इसलिए सभी को ये लग रहा था कि उनकी पार्टी सिन्हा को समर्थन देगी, लेकिन ऐसा नहीं हुआ। उद्धव ठाकरे ने एन.डी.ए. की उम्मीदवार मुर्मू को समर्थन देकर सबको चौंका दिया। इस फैसले के पीछे उन्होंने अपने आदिवासी शिव सैनिकों की ओर से की गई माँग का हवाला दिया।

महाराष्ट्र में चल रही सियासी घमासान के बीच राष्ट्रपति चुनाव आ गया, जिसके लिए 18 जुलाई को मतदान होना था। एन.डी.ए. की तरफ से द्रौपदी मुर्मू को उम्मीदवार बनाया गया था, जबकि विपक्ष के साझा उम्मीदवार यशवंत सिन्हा थे। एन.डी.ए. देश के दो बड़े राजनीतिक गठबंधनों में से एक है, जिसे साल 1998 में बनाया गया था।

मुर्मू को समर्थन की घोषणा से पहले उद्धव ने अपने बँगले 'मातोश्री' पर पार्टी के सांसदों की एक बैठक बुलाई थी। उस बैठक के दौरान पार्टी

के प्रवक्ता और राज्यसभा सांसद संजय राउत और बाकी सांसदों के बीच तीखी नोक-झोंक हुई। ज्यादातर सांसद चाहते थे कि पार्टी एन.डी.ए. उम्मीदवार द्रौपदी मुर्मू का समर्थन करे, जबकि राउत चाहते थे कि विपक्ष के साझा उम्मीदवार यशवंत सिन्हा का समर्थन किया जाना चाहिए। बात इतनी ज्यादा बिगड़ गई कि राउत बैठक बीच में छोड़कर बाहर निकल आए, हालाँकि बाद में उन्होंने सफाई दी कि 'सामना' दफ्तर में कुछ जरूरी काम था, इसलिए उन्हें बैठक से बाहर निकलना पड़ा। राउत की सलाह को नजरअंदाज करके ठाकरे को अपनी सांसदों की मर्जी के आगे झुकना पड़ा। ठाकरे इन सांसदों को अपना साथ छोड़ एकनाथ शिंदे के खेमे में जाने का कोई बहाना नहीं देना चाहते थे। शिंदे का खेमा भी एन.डी.ए. उम्मीदवार मुर्मू को समर्थन दे रहा था।

वैसे राष्ट्रपति पद के चुनाव के मामले में शिवसेना का इतिहास रहा है कि वो गठबंधन की परवाह किए बिना स्वतंत्र फैसले लेती है। इससे पहले एन.डी.ए. में रहने के बावजूद शिवसेना ने राष्ट्रपति पद के लिए यू.पी.ए. उम्मीदवार प्रतिभा पाटिल और प्रणब मुखर्जी को अपना समर्थन दिया था। मुर्मू को समर्थन के फैसले के बाद चर्चा शुरू हो गई कि क्या महाविकास अघाड़ी में फूट पड़नेवाली है।

वैसे राष्ट्रपति पद के चुनाव के मामले में शिवसेना का इतिहास रहा है कि वो गठबंधन की परवाह किए बिना स्वतंत्र फैसले लेती है। इससे पहले एन.डी.ए. में रहने के बावजूद शिवसेना ने राष्ट्रपति पद के लिए यू.पी.ए. उम्मीदवार प्रतिभा पाटिल और प्रणब मुखर्जी को अपना समर्थन दिया था। मुर्मू को समर्थन के फैसले के बाद चर्चा शुरू हो गई कि क्या महाविकास अघाड़ी में फूट पड़नेवाली है।

उद्धव के खिलाफ कांग्रेस की ओर से बड़ी ही तीखी प्रतिक्रिया आई।

महाराष्ट्र में कांग्रेस के दिग्गज नेता और पूर्व मंत्री बालासाहेब थोरात ने गुस्से में ट्वीट किया—

"राष्ट्रपति पद का चुनाव एक वैचारिक लड़ाई है। लोकतंत्र और संविधान की रक्षा के लिए संघर्ष शुरू है। महिला, पुरुष, आदिवासी, गैर-आदिवासीवाली ये लड़ाई नहीं है।

"शिवसेना एक अलग राजनीतिक पार्टी है, इसलिए वो अपना अलग रुख अपना सकती है, लेकिन इस वैचारिक लड़ाई में जब अलोकतांत्रिक रास्ता अख्तियार करके सरकार गिराई गई, शिवसेना के अस्तित्व को चुनौती दी गई, ऐसे में शिवसेना की ओर से अपनाया गया रुख समझ से परे है। शिवसेना महाविकास अघाड़ी में है, लेकिन उसने ये फैसला हमसे कोई चर्चा किए बिना लिया।"

"शिवसेना एक अलग राजनीतिक पार्टी है, इसलिए वो अपना अलग रुख अपना सकती है, लेकिन इस वैचारिक लड़ाई में जब अलोकतांत्रिक रास्ता अख्तियार करके सरकार गिराई गई, शिवसेना के अस्तित्व को चुनौती दी गई, ऐसे में शिवसेना की ओर से अपनाया गया रुख समझ से परे है। शिवसेना महाविकास अघाड़ी में है, लेकिन उसने ये फैसला हमसे कोई चर्चा किए बिना लिया।"

इस मामले में एन.सी.पी. ने सँभलकर प्रतिक्रिया दी। पार्टी प्रमुख शरद पवार ने कहा कि हर पार्टी को अपने फैसले लेने का अधिकार है। अगर उन्होंने मुर्मू को समर्थन देने का फैसला किया है तो ये उनका अधिकार है।

उद्धव गुट ने राष्ट्रपति चुनाव के लिए तो एन.डी.ए. उम्मीदवार को समर्थन दिया, लेकिन उपराष्ट्रपति चुनाव को लेकर अलग रुख अपनाया। उपराष्ट्रपति पद के लिए उद्धव ने एन.डी.ए. उम्मीदवार जगदीप धनखड़ के बजाय विपक्ष की उम्मीदवार मार्गरेट अल्वा को समर्थन दिया।

सांसदों में बगावत

अपने सांसदों के दबाव के चलते उद्धव ने राष्ट्रपति पद के लिए एन.डी.ए. उम्मीदवार को तो समर्थन दे दिया था, लेकिन इसके बावजूद वे पार्टी के संसदीय दल को टूटने से नहीं बचा सके। उद्धव के लिए बुरी खबरें आने का सिलसिला जारी रहा। 19 जुलाई को शिवसेना के बारह सांसद लोकसभा स्पीकर ओम बिरला से मिले और उन्हें पार्टी के संसदीय दल के नेता और व्हिप में बदलाव करने का खत दिया। उद्धव की ओर से विनायक राउत को संसदीय दल का नेता बनाया गया था और ठाणे के सांसद राजन विचारे को व्हिप बनाया गया था। शिंदे समर्थक सांसदों ने स्पीकर को कहा कि राहुल शेवाले को संसदीय दल के नेता और भावना गवली को व्हिप के तौर पर मान्यता दे दी जाए। उनकी बात स्पीकर की ओर से मान ली गई। इस तरह से उद्धव के हाथ से लोकसभा का संसदीय दल भी निकल गया। लोकसभा में शिवसेना के कुल 19 सांसद थे, जिनमें से 18 सांसद महाराष्ट्र से थे, जबकि एक सांसद दादरा और नागर हवेली से थी। लोकसभा के ज्यादातर सांसद भले ही शिंदे गुट में चले गए थे, लेकिन राज्यसभा के सभी सांसद उस वक्त तक उद्धव के वफादार बने रहे।

अपने सांसदों के दबाव के चलते उद्धव ने राष्ट्रपति पद के लिए एन.डी.ए. उम्मीदवार को तो समर्थन दे दिया था, लेकिन इसके बावजूद वे पार्टी के संसदीय दल को टूटने से नहीं बचा सके। उद्धव के लिए बुरी खबरें आने का सिलसिला जारी रहा। 19 जुलाई को शिवसेना के बारह सांसद लोकसभा स्पीकर ओम बिरला से मिले और उन्हें पार्टी के संसदीय दल के नेता और व्हिप में बदलाव करने का खत दिया।

स्पीकर से मुलाकात करके बागी सांसदों ने दिल्ली में एक प्रेस कॉन्फ्रेंस की, जिसमें राहुल शेवाले ने ऐलान किया कि वे एन.डी.ए. के साथ हैं। यह

महत्त्वपूर्ण ऐलान था, क्योंकि साल 2019 में जब महाराष्ट्र में मुख्यमंत्री पद को लेकर हुए विवाद के कारण शिवसेना बीजेपी से अलग हुई थी, तब वो एन.डी.ए. से भी अलग हो गई। मोदी मंत्रिमंडल में शिवसेना की ओर से शामिल एकमात्र मंत्री अरविंद सावंत ने उद्धव के आदेश पर अपने पद से इस्तीफा दे दिया। राहुल शेवाले की ओर से इस घोषणा के बाद कि वे अब भी एन.डी.ए. के साथ हैं, इस बात की चर्चा छिड़ गई कि क्या मोदी मंत्रिमंडल का विस्तार होगा और उसमें शिंदे गुट के किसी सांसद को मंत्री बनाया जाएगा।

इस प्रेस कॉन्फ्रेंस में राहुल शेवाले ने एक बड़ा खुलासा किया। शेवाले के मुताबिक उद्धव ठाकरे ने अपने घर सांसदों के साथ हुई एक बैठक में उन्हें बताया था कि जून 2021 में नरेंद्र मोदी और उनके बीच वापस साथ आने को लेकर बातचीत हो गई थी। महाराष्ट्र में फिर एक बार बीजेपी-शिवसेना की गठबंधन सरकार बन सकती थी, लेकिन अगले ही महीने विधानसभा के सत्र के दौरान बीजेपी के 12 विधायकों को निलंबित कर दिया गया, जिससे बात बिगड़ गई।

इस प्रेस कॉन्फ्रेंस में राहुल शेवाले ने एक बड़ा खुलासा किया। शेवाले के मुताबिक उद्धव ठाकरे ने अपने घर सांसदों के साथ हुई एक बैठक में उन्हें बताया था कि जून 2021 में नरेंद्र मोदी और उनके बीच वापस साथ आने को लेकर बातचीत हो गई थी। महाराष्ट्र में फिर एक बार बीजेपी-शिवसेना की गठबंधन सरकार बन सकती थी, लेकिन अगले ही महीने विधानसभा के सत्र के दौरान बीजेपी के 12 विधायकों को निलंबित कर दिया गया, जिससे बात बिगड़ गई। शेवाले के मुताबिक जब द्रौपदी मुर्मू को राष्ट्रपति पद के लिए समर्थन देने का ऐलान उद्धव ने किया तो दोनों पार्टियों के फिर साथ आने की उम्मीद जगी थी, लेकिन इस बीच शिवसेना ने उपराष्ट्रपति पद के लिए विपक्ष

के उम्मीदवार को समर्थन देकर उनकी उम्मीद पर फिर पानी फेर दिया।

इस बीच शिंदे ने शिवसेना की मौजूदा राष्ट्रीय कार्यकारिणी को भंग किए जाने की घोषणा की और अपनी नई राष्ट्रीय कार्यकारिणी का ऐलान किया। राष्ट्रीय कार्यकारिणी पार्टी में निर्णय लेनेवाली सर्वोच्च संस्था होती है। नई कार्यकारिणी में एकनाथ शिंदे ने खुद को मुख्य नेता बनाया और उद्धव खेमे को छोड़कर आनेवालों को नेता, उपनेता वगैरह जैसे पद दिए। पार्टी प्रमुख का पद खाली रखा गया।

शिंदे की ओर से नई राष्ट्रीय कार्यकारिणी बनाने के बाद चुनाव आयोग को खत लिखकर माँग की गई कि उन्हें असली शिवसेना के तौर पर मान्यता दी जाए। ऐसे में सवाल खड़ा हो गया कि अगर ज्यादातर सांसदों और विधायकों के शिंदे खेमे के साथ होने पर चुनाव आयोग उसे ही असली शिवसेना मान लेता है तो क्या धनुष-बाण वाला चुनाव चिह्न उद्धव ठाकरे से छिन जाएगा।

शिंदे की ओर से नई राष्ट्रीय कार्यकारिणी बनाने के बाद चुनाव आयोग को खत लिखकर माँग की गई कि उन्हें असली शिवसेना के तौर पर मान्यता दी जाए। ऐसे में सवाल खड़ा हो गया कि अगर ज्यादातर सांसदों और विधायकों के शिंदे खेमे के साथ होने पर चुनाव आयोग उसे ही असली शिवसेना मान लेता है तो क्या धनुष-बाणवाला चुनाव चिह्न उद्धव ठाकरे से छिन जाएगा। चुनाव आयोग के पास ये भी अधिकार है कि वो विवाद का निपटारा होने तक किसी भी पक्ष की ओर से चुनाव चिह्न के इस्तेमाल पर रोक लगा दे। ऐसे में आनेवाले चुनाव शिंदे गुट और ठाकरे गुट को नए चुनाव चिह्नों पर लड़ने होंगे। ठाकरे खेमे को यह अंदेशा पहले से ही था, इसलिए 12 जुलाई को ही उसकी ओर से चुनाव आयोग को खत लिखकर बता दिया गया था कि अगर कोई पक्ष शिवसेना से संबंधित कोई अर्जी लेकर उसके पास आता है तो उद्धव ठाकरे गुट की शिवसेना को उस मामले में सुना जाए।

पलटे गए ठाकरे सरकार के फैसले

शिंदे और फडणवीस ने सत्ता सँभालते ही बड़े फैसले लेने शुरू किए और उनके शुरुआती फैसले उन फैसलों को पलटने के थे, जिन्हें ठाकरे सरकार ने लिये थे। नई सरकार ने पहली ही कैबिनेट बैठक में मुंबई की निर्माणाधीन मेट्रो लाइन-3 के कार शेड की जगह को वापस आरे कॉलोनी में देने का फैसला किया। इस फैसले को लेकर साल 2019 में काफी विवाद हुआ था। उपनगर सीप्झ से लेकर दक्षिण मुंबई के कफ परेड तक बनाई जानीवाली भूमिगत मेट्रो लाइन-3 के लिए आरे के जंगल में कार शेड के लिए तत्कालीन फडणवीस सरकार ने जगह दी थी। चूँकि शेड बनाने के लिए बड़े पैमाने पर पेड़ों की कटाई होनी थी, इसलिए तमाम पर्यावरणवादी संगठन इसका विरोध कर रहे थे। इस विरोध में उद्धव ठाकरे के बेटे आदित्य भी शामिल हो गए। आरे कार शेड विरोध आंदोलन को एक तरह से राजनीति में आदित्य के प्रवेश के तौर पर देखा गया। उसी साल जब फडणवीस सरकार की जगह ठाकरे सरकार आई तो उसने कार शेड की जगह आरे से हटाकर कांजुर मार्ग में कर दी। अब जब फडणवीस वापस सत्ता में आए तो उन्होंने फिर से शेड को पुरानी जगह, यानी आरे में लाने का आदेश दिया।

शिंदे और फडणवीस ने सत्ता सँभालते ही बड़े फैसले लेने शुरू किए और उनके शुरुआती फैसले उन फैसलों को पलटने के थे, जिन्हें ठाकरे सरकार ने लिये थे। नई सरकार ने पहली ही कैबिनेट बैठक में मुंबई की निर्माणाधीन मेट्रो लाइन-3 के कार शेड की जगह को वापस आरे कॉलोनी में देने का फैसला किया। इस फैसले को लेकर साल 2019 में काफी विवाद हुआ था।

दूसरा बड़ा फैसला था बुलेट ट्रेन प्रोजेक्ट के लिए प्रलंबित तमाम मंजूरियों का दिया जाना। प्रधानमंत्री नरेंद्र मोदी का सपना था कि भारत की पहली बुलेट

ट्रेन मुंबई और अहमदाबाद के बीच चले। इस प्रोजेक्ट के लिए जापान सरकार से आर्थिक मदद दी गई थी। ट्रेन के रूट को महाराष्ट्र, दादरा और नागर हवेली और गुजरात से होकर गुजरना था। बाकी जगहों पर तो प्रोजेक्ट के भूमि अधिग्रहण और तमाम सरकारी मंजूरियों का काम लगभग पूरा हो गया था, लेकिन महाराष्ट्र में 2019 के सत्ता परिवर्तन के बाद प्रोजेक्ट फँस गया। शिवसेना पहले से ही प्रोजेक्ट का विरोध कर रही थी और उसका मानना था कि मुंबई और अहमदाबाद के बजाय बुलेट ट्रेन महाराष्ट्र के दो शहरों के बीच चलाई जानी चाहिए। भूमि अधिग्रण का काम सुस्त हो गया और वन विभाग से आवश्यक मंजूरियाँ अटक गईं। एकनाथ शिंदे ने कुरसी सँभालते ही ये तमाम मंजूरियाँ दे दीं। मोदी की बुलेट ट्रेन को महाराष्ट्र से हरी झंडी मिल गई।

उद्धव ठाकरे ने इस्तीफा देने से पहले अपनी आखिरी कैबिनेट बैठक में औरंगाबाद शहर का नाम संभाजीनगर, उस्मानाबाद शहर का नाम धाराशिव और नवी मुंबई में बन रहे हवाई अड्डे का नाम डी.बी. पाटिल के नाम कर दिया था। शिंदे-फडणवीस सरकार ने आते ही नामकरण के इन तीनों फैसलों को रद्द कर दिया और कैबिनेट लेकर वापस दोनो शहरों और हवाई अड्डों को वही नाम दिए जो उद्धव ठाकरे ने दिए थे।

उद्धव ठाकरे ने इस्तीफा देने से पहले अपनी आखिरी कैबिनेट बैठक में औरंगाबाद शहर का नाम संभाजीनगर, उस्मानाबाद शहर का नाम धाराशिव और नवी मुंबई में बन रहे हवाई अड्डे का नाम डी.बी. पाटिल के नाम कर दिया था। शिंदे-फडणवीस सरकार ने आते ही नामकरण के इन तीनों फैसलों को रद्द कर दिया और कैबिनेट लेकर वापस दोनो शहरों और हवाई अड्डों को वही नाम दिए जो उद्धव ठाकरे ने दिए थे। नई सरकार ने संभाजीनगर के आगे 'छत्रपति' शब्द भी जोड़ दिया। जब पुरानी सरकार के फैसले को खारिज करके वापस

उन्हीं फैसलों को लेने के पीछे का तर्क शिंदे से पूछा गया तो उनका कहना था कि पिछली सरकार इस तरह के फैसले लेने का अधिकार खो चुकी थी, क्योंकि उसके पास बहुमत नहीं था और राज्यपाल की ओर से उद्धव ठाकरे को बहुमत साबित करने के आदेश के बाद ये फैसले लिये गए थे। बीजेपी की ओर से यह भी दलील दी गई कि नामांतरण के इन फैसलों का कांग्रेस की ओर से विरोध किया गया, जिसके मंत्री कैबिनेट में शामिल थे। इसका मतलब फैसले पूरी कैबिनेट की सहमति से नहीं लिये गए। सियासी हलकों में नामांतरण का श्रेय लेने के एक पैंतरे के तौर पर देखा गया। इस बात को लेकर भी बहस हुई कि आखिर कैबिनेट में उद्धव की ओर से नामांतरण का फैसला लिया जाना कानूनी नजरिए से गलत था या नैतिक तौर पर।

15 जुलाई की सुबह फडणवीस राज से मिलने शिवाजी पार्क स्थित उनके घर शिवतीर्थ पर पहुँच गए। दोनों की इस मुलाकात ने सियासी गलियारों में कयासों की झड़ी लगा दी, हालाँकि सार्वजनिक तौर पर यही बताया गया कि फडणवीस ने शिष्टाचार के तहत यह मुलाकात की थी।

राज ठाकरे और देवेंद्र फडणवीस की करीबी

महाराष्ट्र के सियासी घटनाक्रम के बीच उपमुख्यमंत्री देवेंद्र फडणवीस और मनसे प्रमुख राज ठाकरे की मुलाकात ने सनसनी फैला दी। 15 जुलाई की सुबह फडणवीस राज से मिलने शिवाजी पार्क स्थित उनके घर शिवतीर्थ पर पहुँच गए। दोनों की इस मुलाकात ने सियासी गलियारों में कयासों की झड़ी लगा दी, हालाँकि सार्वजनिक तौर पर यही बताया गया कि फडणवीस ने शिष्टाचार के तहत यह मुलाकात की थी। राज की कुछ दिनों पहले ही कूल्हे की सर्जरी हुई थी, इसलिए उनकी तबीयत का हाल जानने के लिए फडणवीस गए थे।

राज ठाकरे और बीजेपी के बीच रिश्ते कभी नरम कभी गरम रहे हैं। नरेंद्र मोदी जब गुजरात के मुख्यमंत्री थे, तब राज उनकी तारीफ करते हुए विकास का 'गुजरात मॉडल' देखने गए थे। इसके बाद 2014 के लोकसभा चुनाव के दौरान राज ने बीजेपी के खिलाफ अपने उम्मीदवार खड़े नहीं किए। बीजेपी-शिवसेना गठबंधन के तहत जिन सीटों पर शिवसेना के उम्मीदवार थे, वहीं राज ने अपने उम्मीदवार उतारे, लेकिन 2019 लोकसभा चुनाव के पहले राज और बीजेपी के रिश्ते बिगड़ गए। राज ने महाराष्ट्र भर में घूम-घूमकर बीजेपी के खिलाफ प्रचार किया और सभाओं में मोदी के पुराने वीडियो दिखाकर यह बताने की कोशिश की कि उनकी कथनी और करनी में कैसे अंतर है। मंच पर से वीडियो शुरू करने के लिए उनकी ओर से दिया जानेवाला आदेश—'लाव रे तो वीडियो' (लगा रे वो वीडियो) काफी मशहूर हुआ। राज की मुहिम का फायदा कांग्रेस-एन.सी.पी. को मिलता नजर आ रहा था। फडणवीस इस वजह से राज ठाकरे पर काफी खफा हो गए और एक जनसभा में राज पर निशाना साधते हुए इशारों-इशारों में कहा कि बारामती का तोता शरद पवार की लिखी स्क्रिप्ट पढ़ रहा है। साल 2020 के बाद फिर से दोनों के रिश्तों में सुधार आया, जब राज ने पार्टी की विचारधारा के तौर पर हिंदुत्व को अपना लिया। अप्रैल 2022 में जब राज ने मसजिदों पर लाउडस्पीकर के खिलाफ मुहिम चलाई तो फडणवीस ने उनका समर्थन किया।

राज ठाकरे और बीजेपी के बीच रिश्ते कभी नरम कभी गरम रहे हैं। नरेंद्र मोदी जब गुजरात के मुख्यमंत्री थे, तब राज उनकी तारीफ करते हुए विकास का 'गुजरात मॉडल' देखने गए थे। इसके बाद 2014 के लोकसभा चुनाव के दौरान राज ने बीजेपी के खिलाफ अपने उम्मीदवार खड़े नहीं किए।

जब फडणवीस ने उपमुख्यमंत्री का पद स्वीकार किया तो राज ठाकरे ने उनकी तारीफ करते हुए एक भावनात्मक खत लिखा। उन्होंने कहा कि

जिस तरह से उपमुख्यमंत्री का पद स्वीकार करके फडणवीस ने अपनी पार्टी के आदेश को सर्वोपरि रखा है, उसने राज्य और देश की सभी पार्टियों के लिए एक मिसाल पेश की है। फडणवीस को बधाई देते हुए उन्होंने लिखा—'ये पदोन्नति है या अवनति, मैं उसमें नहीं जाता, लेकिन इतना जरूर है कि बाण चलाने के लिए धनुष की डोरी को पीछे खींचना पड़ता है। इस पीछे खींची गई डोरी को कोई पीछे जाना नहीं कहता। आपको लंबा राजनीतिक सफर करना है।'

साफ नजर आ रहा था कि राज ठाकरे और देवेंद्र फडणवीस के बीच की ये करीबियाँ निश्चित ही भविष्य के किसी सियासी समीकरण के संकेत थे। चूँकि दोनों के बीच क्या खिचड़ी पकी, इसकी आधिकारिक जानकारी किसी पक्ष ने नहीं दी, इसलिए राजनीतिक पंडित अपने-अपने अनुमान लगाने लगे और भविष्यवाणियाँ करने लगे।

साफ नजर आ रहा था कि राज ठाकरे और देवेंद्र फडणवीस के बीच की ये करीबियाँ निश्चित ही भविष्य के किसी सियासी समीकरण के संकेत थे। चूँकि दोनों के बीच क्या खिचड़ी पकी, इसकी आधिकारिक जानकारी किसी पक्ष ने नहीं दी, इसलिए राजनीतिक पंडित अपने-अपने अनुमान लगाने लगे और भविष्यवाणियाँ करने लगे। यह चर्चा सबसे ज्यादा गरम हुई कि शिंदे मंत्रिमंडल में राज ठाकरे की पार्टी को जगह मिल सकती है। ये कहा गया कि या तो कल्याण से पार्टी के एकमात्र विधायक राजू पाटिल को मंत्री बनाया जाएगा या फिर राज के बेटे अमित ठाकरे को। उद्धव ठाकरे के इस्तीफा देने के बाद विधान परिषद् की जो सीट खाली हुई है, वहाँ से अमित ठाकरे को लड़ाया जा सकता है। चूँकि विधानसभा में शिंदे-बीजेपी गठबंधन का बहुमत है, अमित ठाकरे आसानी से चुने जा सकते हैं, जैसे ही यह चर्चा शुरू हुई, एम.एन.एस. ने इसे अफवाह बताते हुए इसका खंडन कर दिया।

कुछ सियासी पंडितों की कल्पना की उड़ान ने उन्हें राज ठाकरे को शिवसेना का अध्यक्ष बनते हुए भी दिखाया। उनका तर्क था कि अगर शिंदे गुट को असली शिवसेना के रूप में मान्यता मिल जाती है तो राज ठाकरे अपनी पार्टी को उसमें विलीन कर देंगे। इसके बाद शिंदे राज ठाकरे को पार्टी प्रमुख का पदभार सँभालने के लिए आमंत्रित कर सकते हैं, क्योंकि जब शिंदे ने पार्टी की नई राष्ट्रीय कार्यकारिणी घोषित की तो पार्टी प्रमुख का पद खाली छोड़ा। हाल के सालों में महाराष्ट्र में असंभव-सी लगनेवाली घटनाएँ भी सच साबित हुई हैं, ऐसे में किसी की कल्पना अगर यथार्थ में बदल जाए तो कोई आश्चर्यवाली बात नहीं होगी।

कुछ सियासी पंडितों की कल्पना की उड़ान ने उन्हें राज ठाकरे को शिवसेना का अध्यक्ष बनते हुए भी दिखाया। उनका तर्क था कि अगर शिंदे गुट को असली शिवसेना के रूप में मान्यता मिल जाती है तो राज ठाकरे अपनी पार्टी को उसमें विलीन कर देंगे। इसके बाद शिंदे राज ठाकरे को पार्टी प्रमुख का पदभार सँभालने के लिए आमंत्रित कर सकते हैं, क्योंकि जब शिंदे ने पार्टी की नई राष्ट्रीय कार्यकारिणी घोषित की तो पार्टी प्रमुख का पद खाली छोड़ा।

शरद पवार की भविष्यवाणी

एकनाथ शिंदे के मुख्यमंत्री बनने के साथ ही सवाल उठने शुरू हो गए कि उनकी सरकार कितनी टिकाऊ होगी? जो लोग उद्धव ठाकरे को छोड़कर शिंदे के साथ आए हैं, वे वापस चले गए तो क्या होगा? कुछ बागी विधायक अगर मंत्री पद न मिलने से नाराज हो गए तो? शिंदे को बतौर मुख्यमंत्री ढाई साल मिले हैं, क्योंकि महाराष्ट्र के अगले विधानसभा चुनाव 2024 में होने हैं। एन.सी.पी. प्रमुख शरद पवार ने अपनी पार्टी के नेताओं और विधायकों के साथ हुई एक बैठक में कहा कि चुनाव की तैयारी शुरू कर दो, शिंदे सरकार छह

महीने में गिर जाएगी। पवार का आकलन था कि मंत्री पद बँटवारे को लेकर शिंदे सरकार में अंतर्कलह शुरू होने से सरकार गिर जाएगी और उसके बाद मध्यावधि चुनाव होंगे। उद्धव ठाकरे ने भी मध्यावधि चुनाव कराने की माँग की और बागी विधायकों को चुनौती दी कि वे जीत कर दिखाएँ। इस पर शिंदे ने जवाब दिया कि उनके साथ आए 40 विधायकों में से अगर एक भी विधायक हारा तो वे राजनीति छोड़ देंगे।

□

अस्वीकरण

इस पुस्तक का उद्‌देश्य किसी व्यक्ति, विचारधारा, राजनीतिक दल या दलों के गठबंधन का समर्थन या विरोध करना नहीं है। लेखक ने बिना किसी दुर्भावना या पूर्वग्रह के तटस्थ रहते हुए घटनाओं का विवरण और उनसे जुड़े ऐतिहासिक संदर्भ प्रस्तुत किए हैं। पुस्तक में कुछ परदे के पीछे की ऐसी घटनाओं का उल्लेख है, जो लेखक और उनके सहकर्मियों के सूत्रों से मिली जानकारी पर आधारित हैं। ऐसी घटनाओं की सत्यता की स्वतंत्र पुष्टि नहीं हुई है। भविष्य में उनकी पुष्टि करनेवाली या उन्हें खंडित करनेवाली सामग्री यदि प्राप्त होती है तो अगले संस्करण में उसका समावेश किया जा सकता है। यह पुस्तक जीतेंद्र दीक्षित की निजी रचना है। पुस्तक की सामग्री से एबीपी न्यूज का कोई संबंध नहीं है, जहाँ वे बतौर पत्रकार कार्यरत हैं।

□

संदर्भ ग्रंथ

- 35 Days, Jitendra Dixit, HarperCollins India, 2019.
- Bal Thackeray & the Rise of Shiv Sena, Vaibhav Purandare, Roli Books, 2012.
- No Holds Barrred, Narayan Rane, HarperCollins India, 2019.
- On My Terms, Sharad Pawar, Speaking Tiger, 2016.
- The Cousins Thackeray, Penguin Ebury Press, 2019.
- Maharashtra Maximus, Sujata Anandan, Rupa Publications, 2018.

□□□